LE PROTOCOLE

II

CIBLE

Laure GUYMONT

ISBN : 9798849001135

A Ivan, George, Jean-Paul et Mimi

TABLE DES MATIÈRES

PERSONNAGES

PRINCIPAUX

Membres de la Corporation Zarathoustra

℘ Numéro 1

Extrait du tome 1 – « LE PROTOCOLE – RECRUES » :

« Numéro un était issu des quartiers ouvriers de Sheffield. Il avait grandi avec la dureté des déconsidérés et la vacherie des nécessiteux. »

(Il) « …avait appris la rigueur, dans tous les sens du terme, de la sévérité au manque, en passant par le climat. Pas la détente. Le lâcher-prise, le « bon temps », s'apparentaient pour lui au laisser-aller et son surmoi le lui rappelait sans cesse, un surmoi tricoté avec les remontrances de sa mère et les sermons du principal, à l'époque où le porto premier prix, préparait le terrain chaque vendredi et samedi soir, pour la cuite et la traque en groupe.

A Sheffield, les fins de semaines étaient cadencées selon un rituel immuable. Les donzelles se paraient de leurs plus beaux atours : « rouge » provoquant, mini-jupe et caraco moulant, l'épaule dénudée, quels que soient l'âge ou la saison. Peu importe que le thermomètre avoisine le zéro, l'alcool et l'excitation réchaufferaient les perdrix. »

« Numéro un comme tous les autres, avait accumulé les amours bidons et leur lot de désillusions, mijoté à petit feu une délicieuse phobie de l'engagement, jusqu'à ce que la foire aux vanités 2.0 entre en résonnance avec les mises en garde de maman, pionnière de la famille énucléée… De guerre lasse, il s'était rabattu sur les mamelles rescapées des pays libéraux : le pouvoir et l'argent. Il avait troqué la table de billards contre l'arrière du comptoir pour payer ses études et puisé énergiquement dans des ressources cérébrales reléguées au cachot. Intrépide, teigneux, il avait finalement décroché son sésame pour le nouveau monde : celui des riches et des puissants, probablement la plus cuisante déception de sa vie. Mensonges, coups bas et corruption. Pour faire court.

Voilà. Il avait fait le tour de l'univers des hommes, atteint des sommets et tout ce qu'il éprouvait, c'était une envie de meurtre, de torture lente et un dégoût abyssal. Disparaître ou changer les choses. Un concept à creuser. La place qu'il occupait, correctement mise à profit, lui ouvrait des perspectives. Alors il avait enfilé son armure flambant neuve, celle qu'il conserverait jusqu'au bout, toute rutilante d'intégrité, de dévouement et de piété grave, tel un Galaad repentant, lancé à la conquête du graal avec pour bâton de Jacob, les enseignements de Nietzsche, converti en prophète. »

℘ Numéro 2

Extrait du tome 1 – « LE PROTOCOLE – RECRUES » :

« Numéro deux détestait que l'on mette sa parole en cause. S'il communiquait une information, avançait un argument, c'est qu'il était sûr de son fait. Tout ce qu'il disait, avait été au préalable pesé, réfléchi, vérifié. Sa vie entière était ainsi gérée, ses choix, ses décisions, ses actes, *tout* était systématiquement analysé, disséqué avant de poser une conclusion. Une force intellectuelle, mais une faiblesse sociale. Cette attitude irrépressible déteignait sur ses comportements. Elle faisait de lui un être étrange, à part, apprécié par certains, exclus ou moqué par d'autres. Nombre de ses professeurs à l'école, puis à l'université, avaient pris pour de l'arrogance ce qui n'était en réalité qu'un attachement compulsif à la vérité. Numéro deux pointait du doigt les erreurs, celles de ses fréquentations, autant que celles de ses patrons, insensible aux égards dus à la hiérarchie, à l'autorité ou aux convenances. La vérité primait et c'était une loi absolue. Peu importait qu'on le prenne en grippe s'il avait raison. Il s'exprimait dans un langage soutenu. Le mot juste à l'emplacement exact inféodait la portée de l'argument. L'orthographe, châtrée par l'avènement du sms et de la commande vocale, devait être restituée : la partition qui sublime la mélodie.

Il avait compris, à force d'observation, la place que tenait l'apparence dans la société. « L'image » ou la preuve par neuf : un garçon propre, bien habillé était plus attirant, plus recommandable qu'un garçon sale en guenilles. Le beau, le propre, le bien, équivalaient au 1, le sale, le laid, le mal, au 0. L'appréhension de l'environnement par l'humain se basait sur des critères simplistes, des jugements à l'emporte-pièce, alors si l'humanité tenait tant à se laisser berner par le futile, alors elle en prendrait pour son compte ! De là l'attention particulière qu'il consacrait à sa tenue...

Mais les choses n'avaient pas toujours été aussi limpides pour numéro deux. A l'école primaire, lorsque les interactions interindividuelles avaient commencé à se clarifier, il avait d'abord cru que tous les enfants raisonnaient, réagissaient comme lui. Puis il avait réalisé que non. Subitement, les masques étaient tombés : ces êtres autour, étaient pareils dehors mais autrement dedans. S'il ne voulait pas demeurer seul, rejeté par ces extra-terrestres, il allait devoir décrypter, assimiler leurs codes.

Méthodiquement, il s'était attelé à la tâche. Il avait relevé, catégorisé, testé les situations, échafaudé des stratégies d'intégration. Au début il aurait tout concédé pour se faire accepter, mais déçu par le résultat, il avait finalement établi un compromis entre ses convictions et ce qu'il était prêt à lâcher, au nom du politiquement correct. Il avait même ajouté une jauge, qui lui permettait d'ajuster son seuil de tolérance en fonction des besoins, si une demoiselle lui plaisait par exemple. Jusqu'à un certain point. Un jour, empêtré dans les affres de la séduction amoureuse, il avait déclaré à sa mère impuissante : « personne ne veut de moi, parce que je suis *différent* », différent au sens de « handicapé ». Les filles l'avaient mené par le bout du nez, elles s'étaient servies de lui, parfaitement conscientes des blessures qu'elles lui infligeaient sans pitié. Un miroir aux alouettes qui n'en valait pas la souffrance. Il s'était endurci, durci tout court : il était comme il était, anormal peut-être, mais il ne travestirait plus jamais sa personnalité, si singulière soit-elle, pour les atouts mensongers d'une donzelle.

En filigrane, il avait conservé de ses confrontations malheureuses avec le camp adverse, un mépris ouvert et une haine sourde des socio-conformes. »

« Dans son jardin clandestin, à l'abri des officiels et de sa réalité professionnelle, deux cultivait un talent développé depuis l'enfance pour les jeux en ligne, en particulier le prestigieux « Legendary Quest ». A trente-trois ans, malgré le peu de loisirs dont il disposait, il parvenait grâce à ses capacités analytiques et son habileté hors du commun, à maintenir son avatar au premier rang mondial de sa catégorie : les druides changeforme, spé « farouche ». A l'instar de son personnage virtuel, le très sérieux membre de la Corporation Zarathoustra se changeait le soir en gros chat bleu, sous le pseudo déjanté d'« Ultrapintade ». »

℘ Numéro 3

Extrait du tome 1 – « LE PROTOCOLE – RECRUES » :

« La lignée de numéro trois, du côté de la branche paternelle, cachait un secret, un secret bien gardé des décennies durant, parce qu'il aurait constitué une menace pour la famille. La saga avait commencé avec la traversée de l'Atlantique, au XIXème siècle. L'aïeul s'était embarqué pour l'Amérique avec plusieurs rescapés de l' « An Gorta Mór », la Grande famine en gaélique, à fond de cale parce que c'était tout ce que les maigres économies d'une vie lui avaient permis. Il avait promis à sa femme et à ses trois fils qu'il reviendrait fortuné : le rêve américain était à la portée des courageux et des volontaires...

Après des mois d'errance, de boulots ingrats, qui ne lui procuraient même pas de quoi se loger ; de maltraitance dans le New Jersey, où les irlandais valaient moins que les affranchis, il s'était fait engager à la « Baltimore and Ohio Rail Road Cie ». La conquête du rail et de l'Ouest allaient lui ouvrir les perspectives pour lesquelles il avait tout sacrifié. Ses deux jeunes fils étaient morts de faim, son ainé du typhus. Sa femme dès lors, importait peu…

Lorsque la compagnie avait atteint l'Ohio, la rumeur d'une terre promise était venue déstabiliser les rangs (…). Ewan Mac Moore y avait vu l'opportunité qu'il avait tant espérée. Il avait abandonné son gagne-pain sans remords pour entamer le périple de mille-cinq-cent kilomètres qui le séparait de sa destinée. Trois mois plus tard, à l'issue d'une épopée exténuante, ponctuée d'actes peu recommandables pardonnez-moi Seigneur, il avait soigneusement sélectionné une parcelle aux abords d'une rivière dénommée « Beaver » par les indiens et immédiatement délimité de barrières de bois, sa propriété en limite de territoire Cherokee. »

« Au village Cherokee où il avait ses habitudes, une jeune *(femme)* d'une beauté envoûtante, exotique, lui montrait de l'intérêt. Ayita était le fruit d'un mariage mixte entre un guerrier cherokee et une esclave noire, capturée chez un riche propriétaire texan, lors de la bataille du Neches (…) Immédiatement, la *(mère)* s'était méfiée de l'homme blanc qui faisait la cour à sa fille, ce, en dépit des coutumes d'intégration et de tolérance qui faisaient loi au sein du clan. Elle avait convaincu son mari d'élaborer une suite d'épreuves, censées dissuader le prétendant, mais Ewan n'avait pas renoncé. Il avait valeureusement affronté le rituel de la force et de l'ingéniosité, remporté la victoire et la main de sa bienaimée.

De cette union païenne, jamais régularisée auprès de l'église catholique, puisque l'épouse irlandaise d'Ewan vivait toujours, étaient nés cinq enfants, déclarés sous le nom de Moore à la paroisse de Beaver. » « …deux survécurent. La plus jeune des filles et le plus âgé des fils, Onacona, « hiboux blanc » (…) Numéro trois descendait de celui-là. »

« Six générations plus tard, ni son visage ni son nom ne témoignaient des racines tourmentées de numéro trois. Il n'avait guère subi les brimades racistes qu'avaient connues de la part des blancs, ses camarades *visiblement* noirs ou indiens, mais le rejet radical de ces derniers, pour qui il restait l'adversaire ancestral. Son sang mêlé aurait pu ériger un pont entre les communautés, si l'humain n'avait pas préféré la haine aux concessions. En 2038 comme en 1938 et tous les siècles précédents, la xénophobie n'avait pas pris une ride. L'hostilité raciale, sociale, que sais-je encore, perdurerait jusqu'à la nuit des temps, parce qu'enkysté dans ses entrailles égocentriques, l'homme choyait son réservoir de venin. Qu'il soit blanc, noir, bleu ou vert, il était né pour haïr son prochain, dès lors que celui-ci foulerait ses plates-bandes, légitimes ou non. »

℘ Numéro 4

Son histoire est à découvrir dans le tome 2

« LE PROTOCOLE – CIBLE »

℘ Numéro 5

Son histoire est à découvrir dans le tome 2

« LE PROTOCOLE – CIBLE »

℘ Numéro 6

Extrait du tome 1 – « LE PROTOCOLE – RECRUES » :

« Une émotivité exacerbée, voilà la première tare avec laquelle il était né. « De la sensiblerie », disait son père, sec comme un coup de trique. « Lui ferai passer le goût de la pleurnicherie, moi ! ». « Accroche-toi mon fils », le consolait sa mère « la vie ne te réserve pas que des douceurs, mais tu t'y feras ». Elle avait su avant lui.

Les vrais ennuis avaient commencé à l'école secondaire, avec l'acné et les poussées hormonales. Grâce à ses talents de comédien, méticuleusement cultivés en primaire, il était parvenu à s'intégrer aux caïds de la classe. Il jouait les gros bras, houspillait les filles et tenait tête aux grands. Chaque matin, avant de prendre le bus cependant, il était pris de diarrhées : son ventre expulsait pour lui les peurs accumulées la veille, autant que celles du jour à poindre. Sa mère lui donnait du riz et des constipants, en vain. On ne soigne pas les traumatismes avec de la confiture de coings.

Et puis ce jour qui devait rester inscrit dans sa mémoire était arrivé. Luca avait pris place à ses côtés, comme à l'accoutumée. Il avait commencé à lui raconter sa soirée, ses échanges avec Pénélope sur Insta, les photos qu'elle avait postées pour lui plaire, des clichés presque dénudés, évocateurs. Luca les avait téléchargés sur son portable, pendant que le professeur de mathématique récitait son cours. Il lui avait tendu l'appareil sous la table et numéro six avait fait défiler les images. Au lieu de l'émoustiller, les poses lascives avaient suscité chez lui une sorte de répulsion inexplicable. Prenant sur lui, il avait fait semblant d'apprécier et avait vite rendu le téléphone à son ami. Toute la journée, l'incident l'avait obsédé. Normalement, il aurait dû endurer l'une de ces érections intempestives, qui l'avaient plus d'une fois mis dans l'embarras, mais rien, sauf cette désagréable nausée. Le soir, au chaud sous la couette, son pénis avait répondu à l'appel. Ragaillardi, il avait commencé à se masturber, quand tout à coup un parfum familier s'était imposé à son souvenir, une odeur corporelle doucereuse, suave, sensuelle…

Et le visage de Luca était apparu.

A grand renfort de déni, numéro six avait réfuté son homosexualité. En aucun cas il n'aurait tenté d'y goûter, de crainte de ne plus pouvoir s'en passer. Un ascétisme contraint, plus facile à assumer que l'aveu de ses penchants sexuels. En Calabre, surtout. La discrimination, les violences homophobes, les récriminations familiales, un avenir professionnel estropié, dépassaient de loin ce qu'il pouvait encaisser. Alors il avait vécu deux vies : une façade solide, impétueuse, dégoulinante d'ambition, cachant au prix de l'extase une inclination niée, qui rongeait son intériorité comme un cancer. A cause de la bassesse humaine. »

℘ Numéro 7

Son histoire est à découvrir dans le tome 2 « LE PROTOCOLE – CIBLE »

℘ Numéro 8

Extrait du tome 1 – « LE PROTOCOLE – RECRUES » :

« Huit était né à Munich, à l'ombre de l'église des âmes saintes et des fantômes de Dachau, qui malgré les prières et les hommages, malgré la disparition des tortionnaires et de leurs descendants, s'agrippaient aux générations successives comme une malformation génétique. Son grand-père avait perdu à Stalingrad et son père avait usé ses culottes sur les décombres fumants d'une Vienne en noir et blanc, saccagée, inhospitalière. Lui, n'avait connu de tout cela que les rémanences hargneuses des vaincus et des humiliés. Dans les années quatre-vingt-dix une embellie, une désinvolture libératrice avaient regagné du terrain. Même le mur de Berlin était tombé et la mouvance était à l'écologie. La nouvelle vague revendiquait l'ouverture d'esprit, la paix et le progrès. Pourtant, dans un coin de sa tête, un recoin sombre, insalubre, le testament des bourreaux et des suppliciés entretenait un démon, sous la forme d'excès en tous genres. Huit n'avait pas échappé à la malédiction. Sous prétexte de prétentions artistiques, il avait intégré à la sortie du « gymnasium », un groupe de musique porté sur le gros son, l'alcool et l'héroïne, un conglomérat d'egos en détresse, qui prônait sur scène les paradis artificiels et bouffait de la descente aux enfers le reste du temps. Quelques années plus tard, la quête identitaire par l'entremise du conflit, avait eu raison des « Gruesome Spirits », juste après leur performance huée sur une scène secondaire du Nova Rock, le célèbre festival viennois, parce que le batteur avait forcé sur la dose avant le concert et s'endormait sur la caisse claire. Noyé dans les culs euphoriques des groupies shootées, si ce n'est consentantes, numéro huit saisi d'une pulsion incontrôlable, d'un sentiment de futilité indigne, avait pris ses cliques et ses claques et s'était enfui. Traînant sans but dans les rues préservées de Vienne, il était tombé sur le fameux Café Central, le temple du « Kaffee mit Schlag » de Papy. En goûtant pour la première fois le nectar si poétiquement décrit par son aïeul, il avait renoué avec l'insouciance dont son adolescence perturbée l'avait privé. Du revers de sa manche il avait essuyé les larmes de son enfance perdue et avait fait tourner la roue de la fortune, une bonne fois pour toutes. La semaine suivante, épaulé du même acharnement que celui qu'il avait consacré à sa destruction, il avait rejoint le chemin de l'instruction et s'était juré de devenir quelqu'un. Quelqu'un qui changerait tout ça… »

℘ Numéro 9

Son histoire est à découvrir dans le tome 2 « LE PROTOCOLE – CIBLE »

Les bannis

1er groupe test myélisox10 :

- ♣ **Auguste** – Pathologie : démence vasculaire. Ses enfants sont Noémie et Erwan. Paul est son demi-frère.
- ♣ **Amandine** – Pathologie : sclérose en plaque. Ses parents son Daphné et Batiste. Elle ne se sépare jamais de son chat Aristide.
- ♣ **Gaël** – Pathologie : schizophrénie. Sa mère Eloïse est décédée. Son père Edward vit à Londres.
- ♣ **Rodolphe** – Particularité : autisme - Ses parents sont Sidonie et Cyril.
- ♣ **Erika** – Pathologie : sclérose en plaque. Son fils Emile est reparti en Guadeloupe.
- ♣ **Joséphine** – Pathologie : dépression sévère. Elle n'a qu'une tante éloignée pour famille.

2ème groupe test myélisox10 :

- ♣ **Joséphine** – Suite à l'échec du premier traitement, Joséphine intègre également le 2ème groupe.
- ♣ **Richard** – Pathologie : dépression sévère.
- ♣ **Elinor** – Pathologie : dépression sévère

Unité 92F22 de psychiatrie infanto-juvénile – Boulogne Billancourt :

- ♣ **Mirabeau** – Pathologie : troubles envahissants du développement. Ses parents sont Justine et Henri
- ♣ **Irvine** – Pathologie : troubles envahissants du développement. Abandonné par ses parents.

Les acteurs aveugles du protocole

- ♦ **Karl Godivaud** – Profession : chercheur – Appartient au groupe d'élaboration du myélisox10 – Code protocole : Alpha1
- ♦ **Anders Fridén** (voir tome 1 « RECRUES »– Profession : chercheur – Responsable des tests in vivo et des rapports de validation du myélisox10, versions une et deux. Code protocole : Alpha2
- ♦ **Etienne Langeais** (Voir tome 1 « RECRUES »– Profession : neurochirurgien – Dirige le groupe de recherches sur le myélisox10. Code protocole : Alpha3

- **Louis Beauchamp** – Profession : neuropsychiatre – Participe à la sélection des patients-test myélisox10. Code protocole : Bêta1
- **Mattéo Laplace** – Profession : commissaire de police – Code protocole : Bêta4

1 CONSPIRATION

« Les lois de la nature sont absolues et immuables. Elles déterminent des relations universelles entre des classes de phénomènes, qu'elles sont à même d'expliquer et de prédire. »

« Expliquer et prédire », nous y voilà…

Les lois de la nature sont une construction humaine, une bifurcation de la foi.
D'obscur et terrible, pantin vengeur dans les mains d'une ou plusieurs divinités, l'univers est devenu matrice, avec l'expansion de la science.
Un édifice immuable de codes à décrypter, assembler, exploiter.

Les lois de la nature sont faillibles. Parce qu'elles sont humaines. Le grand Newton ancra ses lois dans un espace, un temps absolus. Puis naquit Einstein, et la tempête relativiste effondra l'édifice. L'absolu, l'immuable n'existent pas.

Les lois de la nature sont une quête humaine. Une quête de contrôle.
L'homme créa la foi pour dompter ses peurs, puis les lois pour dompter son monde.

La nature elle, est sans foi ni loi.

*

Collège Théodore Géricault

Le professeur Méléas avait préparé sa salle à l'avance. Il avait disposé sur les tables carrelées le matériel d'expérimentation à l'intention de ses élèves de troisième. Le directeur de Théodore Géricault était un irréductible, l'un des derniers à recommander les manips en classe contre l'avis du rectorat, un ramassis de béni-oui-oui démissionnaires, face aux intimidations incessantes de parents toujours plus abusifs. Les professeurs n'étaient obligés en rien, mais Méléas, un vieux de la vieille, était lui-même un ardent défenseur de la pédagogie non virtuelle et de l'engagement contestataire.

La cloche à l'ancienne venait de retentir dans la cour et déjà Méléas percevait le son des pas toutes catégories : les excités, les traînards, les mous, les distraits, les durs à cuire... Ses trente ans de carrière avaient tissé peu à peu une toile dans sa mémoire, qui répertoriait les moindres détails de son métier. Esotérique pour certains, ce microcosme lui avait permis depuis tant d'années d'anticiper tous types de situations, de caractères, d'événements qu'il aurait à gérer, faisant de lui un cador de la profession, un maître que personne ne surprenait jamais, un érudit posé et froid.

— Entrez, fit-il par la porte entrouverte.

La masse débraillée se ressaisissant automatiquement aux tonalités de l'autorité naturelle, entra dans le calme et prit place devant les pupitres.

— Bonjour. Ce matin nous allons étudier le cycle de reproduction d'un protozoaire simple : l'amibe. L'amibe est un unicellulaire eucaryote, c'est à dire qu'elle se reproduit de manière asexuée, par division cellulaire. En gros, une cellule dite « mère » se coupe en deux et donne naissance à deux cellules « filles », strictement identiques sur le plan génétique. Afin d'optimiser vos chances de réussite, j'ai mis à votre disposition les ingrédients nécessaires pour reconstituer le milieu dans lequel les amibes s'épanouissent. Formez-moi dix groupes de trois et un de deux.

Une timide agitation s'empara de l'assemblée, le temps que les élèves se répartissent par affinité.

— Eh ! C'est pas juste, M'sieur !
— Qu'est-ce qu'il t'arrive Alban ?
— Bah je me retrouve à deux, mais moi je voulais être trois !
— A ça mon garçon, même en tant qu'amibe, tu ne peux pas être trois.

Un ricanement général envahit la salle, provoquant l'hébétude d'Alban qui n'avait pas compris l'allusion.

— Vas-y dégage, tu m'fous le sum !
— Alban ?
— Nan mais en plus j'suis avec l'aut'naze là !

— Et qui aurais-tu préféré avoir dans ton équipe ?

Méléas savait parfaitement que les turpitudes d'Alban nuisaient à sa popularité. Ses camarades le fuyaient ostensiblement et il n'était pas assez stupide pour l'ignorer. Plutôt que de « s'afficher » devant les autres, l'élève fit semblant de capituler.

— P'tain ! On fait jamais ce qu'on veut ici ! T'as intérêt à assurer face de pet !, rouscailla-t-il en décochant un taquet à l'adolescent maigrelet à ses côtés.
— Les rapprochements sociaux mis à part, nous allons commencer. Avant de démarrer cependant, je vais vous engager à résoudre le problème suivant. Ecrivez. Sachant qu'une amibe en conditions normales se reproduit à la vitesse d'une division toutes les huit heures, déterminez le nombre d'individus au bout de vingt-quatre heures, soixante-douze heures, une semaine, puis un mois. Vous en avez dix au départ. Allez-y. Je ramasse les copies dans un quart d'heure.

Le nez apparemment sur sa tablette, le professeur observait discrètement les groupes de travail, écoutant attentivement les chuchotements que son oreille affûtée avait appris à capter.

— Vas-y ça fait combien, face de pet ?
— C'est facile : chaque cellule en donne deux par tranche de huit

heures. On part de dix. Dix fois deux ça fait combien ?
— Tu me prends pour un débile ?

Le garçon, plus téméraire qu'on aurait cru, hocha la tête.
— Heeenn ! Ça va se payer ! Ça fait vingt.
— Au bout de huit heures. Maintenant au bout de vingt-quatre ça fait combien ?
— Bah vingt fois trois !
— Et non !
— Comment ça non ? T'as dit ça faisait vingt au bout de huit heures ! Y a trois fois huit heures dans vingt-quatre, j'suis pas teubé !
— Oui, mais à la deuxième session de huit heures, les vingt cellules se divisent chacune par deux, donc quarante. Au bout de vingt-quatre heures, on en a quatre-vingt.
— C'est pas logique ton truc !
— Au contraire. Y a pas plus logique que les maths.
— Vas-y j'aime pas les maths !

Alban se mit à se tortiller sur sa chaise. Le calcul l'ennuyait prodigieusement.
— Plus que cinq minutes, rappela le professeur.

Dans un sursaut de curiosité, l'adolescent arracha la copie des mains de son camarade et tenta de déchiffrer le nombre inscrit dessus.

— Vingt mille neuf-cent-soixante-et-onze...
— Non : vingt *million* neuf-cent-soixante-et-onze mille cinq-cent-

vingt. Au bout d'une semaine.

— Naaan ! C'est abusé !!

— Et regarde au bout d'un mois.

Le candide de l'abstraction rapprocha la feuille de son nez, interdit.

— Ça fait un nombre à vingt-neuf chiffres, poursuivit-il.

— C'est pas possible, tu t'es gouré !

— Non, c'est strictement juste.

— Mais ça existe pas des trucs comme ça. Si ça s'rait vrai on s'rait envahis ! Y en aurait partout des amibes !

— Mais y en *a* partout !

— Vas-y, tu me fais flipper !

*

Collège Théodore Géricault

Si l'on ne saurait réellement qualifier d'amitié les relations d'Alban avec son équipier de cours, une certaine complicité était née entre les deux adolescents qui après tout ne s'accordaient pas si mal. Chaque semaine ils avaient consciencieusement suivi les consignes de leur professeur et réalisé le comptage de leurs protégées. Aujourd'hui, la quatrième et dernière séance de travaux pratiques allait déterminer ceux des élèves dont les pronostics s'avéraient corrects. Alban misait sur « son » Sébastien, sa bête de course à lunettes, capable de mitonner n'importe quel calcul biscornu.

— Yo, Séb !, interpella-t-il depuis le portail.

Sébastien agrippé à sa console de jeux, leva une main sans lâcher le combat ardu qui occupait sa bulle digitale.

— C'est l'heure d'aller voir Marcel.
— Marceline.
— Quoi Marceline ? C'est quoi ce nom de bâtard ?
— C'est une cellule mère, pas père. Donc : Marceline.
— Ouais mais c'est pourri !

Tandis qu'il se dédoublait pour répondre à son partenaire, Sébastien activait les commandes à une vitesse vertigineuse et accusait les coups virtuels, en effectuant de grandes embardées avec ses membres supérieurs, la console bien serrée entre ses doigts.

La cloche retentit. Un ultime assaut et le garçon recouvrant son calme tout d'apparence, éteignit l'appareil et le glissa dans son sac à dos.

— Bonjour à tous, les salua le professeur Méléas. C'est le grand jour n'est-ce pas ? Bien, je vous invite à procéder au dernier prélèvement et à compléter vos check-lists.

Un sourire en coin jeta une ombre facétieuse sur son expression d'ordinaire neutre.

— Vas-y c'est moi qui le fait !

— Si tu veux, répondit Sébastien en haussant les épaules. Mais t'as intérêt à t'appliquer !

— C'est bon je t'ai vu faire des milliers de fois !

— Trois fois.

L'adolescent, pris au dépourvu, afficha son plus bel air bovin.

— Tu m'as vu faire trois fois, pas des milliers.

— Pff t'es relou avec tes chiffres ! Garde la foi, mon frère : c'est Marcel le champion !

— Marceline.

— Marcel !

— Marceline.

Alban fit la grimace et abandonna la joute. Méticuleusement il ouvrit le bocal, attrapa une pipette sur le portique métallique et se mordant la lèvre inférieure, pompa précautionneusement avec la poire, pour attirer le liquide. Puis avec l'application d'un élève zélé, il déposa une goutte sur la lamelle préparée par son coéquipier. Fier de lui, il inséra le tout dans le microscope et fiévreux d'enthousiasme, projeta le résultat sur la tablette du pupitre.

— P'tain, c'est quoi ce bordel ?, s'écria-t-il soudain.

Les deux garçons atterrés, contemplaient le désastre sur l'écran : devant eux, quelques rares individus semblaient avoir survécu à un cataclysme.

— Mais qu'est-ce que t'as foutu ?, s'exclama Sébastien.
— Mais rien ! J'ai tout fait comme il faut, t'as vu toi-même !

Sébastien soupira et recommença la manipulation. L'issue était identique. Dans la salle, des clameurs similaires se faisaient écho, à la grande satisfaction de Méléas qui ne cachait pas son amusement.

— M'sieur ?, dit une jeune fille en levant le doigt.
— Oui Ameline ?
— Il se passe quelque chose de bizarre. Vous pouvez venir voir ?

Nonchalamment le professeur passa dans les rangs, jetant un œil discret aux diverses tablettes.
— Regardez, elles sont toutes mortes ! Ou presque.
— Ouais, nous c'est pareil !

Les équipes une à une relayèrent le flot des lamentations, soulagées néanmoins d'être toutes logées à la même enseigne.
— Ça y est je sais !, intervint un grand tout maigre, une mèche de cheveux filasses lui barrant le visage. Les bocaux ont été contaminés ! Elles sont malades.

La classe se tut. Chacun réfléchissait dans son coin.
— Pourquoi y a pas de cadavres, alors ?, bredouilla l'un d'eux, nerveux à l'idée d'avoir dit une sottise.

Une vague de doutes s'empara des élèves.
— Ou alors les survivantes ont « nettoyé » leurs espaces vitaux, pour endiguer l'épidémie. Les abeilles font ça : elles débarrassent

toujours la ruche des corps.
— Intéressante hypothèse, Sébastien. Que devrait-on faire, à ton avis ?

Et sous l'admiration désormais acquise de son acolyte, il suggéra :
— On devrait faire trois bocaux : un qu'on laisse comme il est. Un tout neuf, le bocal « témoin » et un où on verse le liquide potentiellement souillé, mais avec des amibes saines. Comme ça on saura si c'était bien une maladie et si elles sont capables de purifier leur environnement.
— Faisons cela !, conclut le professeur satisfait. Trois bocaux suffisent pour toute la classe.
— Vas-y moi je garde Marcel !

Méléas rigola : un tel regain d'intérêt pour un cancre comme Alban devait être encouragé.
— D'accord. Le bocal d'Alban et Sébastien sera celui que l'on conserve en l'état.

La semaine suivante, les élèves étaient curieux et anxieux à la fois de découvrir les résultats. Afin d'éviter la cohue et les chamailleries, Méléas désigna les trois préposés aux manipulations, dont Alban, fier comme Artaban de se voir confier une mission d'importance.

— Alors, que donnent les comptages ? Bocal témoin ?
— Ramené au volume d'eau total, en multipliant avec le coefficient que vous nous avez donné, ça fait vingt million neuf-

cent-soixante-dix-mille, m'sieur !

— Bocal numéro deux ? Pour rappel : amibes saines, eau contaminée.

— Vingt million neuf-cent-soixante-dix-mille et des bananes m'sieur !

— Alban, bocal numéro trois ?

— Presque trente-deux millions, m'sieur ! Ça c'est mon Marcel !

— Oui mais pourquoi, à ton avis ?

— Il en restait plus de dix dans le bocal, annonça Sébastien pas dupe. Une quinzaine, si mes calculs sont justes.

— Exact. Le bilan est donc équivalent dans les trois bocaux. Conclusion ?

— Les amibes ont nettoyé leur milieu, m'sieur.

Méléas marqua une pause.

— Soit. Rendez-vous dans trois semaines pour le test final.

Les cours de biologie les semaines qui suivirent parurent ternes, interminables aux élèves, qui ne songeaient qu'à découvrir l'aboutissement de *leur* expérience. Le jour enfin venu, les élèves agglutinés devant la salle de classe, attendaient le feu vert de leur professeur.

— Entrez, jeunes gens et asseyez-vous.

Disciplinés, ils s'exécutèrent sans broncher.

— Bien. Pour davantage d'équité, nous allons tirer au sort nos opérateurs du jour. Inscrivez vos prénoms sur des morceaux de papier, pliés en quatre.

Méléas récolta les papiers qu'il fourra dans une enveloppe kraft et secoua le tout. Puis plongeant une main innocente dans la masse de noms, il retira les trois fruits du hasard et attendit.

— Bah allez-y m'sieur ! C'est qui les trois ?

Lentement, poussant le suspense à son paroxysme, il déplia les papiers un à un et les disposa sur le bureau devant lui.

— Nos opérateurs seront donc Amina, Benjamin et Sébastien.

Du fond de la classe, on entendit un « Yes » sonore. Alban interprétait la sélection de son partenaire comme une victoire.

— Quel petit futé a écrit « connard » ?

Les élèves se dévisagèrent les uns les autres. Le prof n'avait pas dépouillé tous les bulletins, alors comment pouvait-il savoir ça ?, s'interrogea le coupable en silence.

— Josselain, tu sors.

L'élève ne contesta pas. La sanction aurait été pire. Comment Méléas avait deviné resterait un mystère, mais il quitta la classe sans rechigner.

— Pour une fois que c'est pas moi !

Alban gonfla le poitrail, puis se ravisa. A sa place, il se

serait traité de fayot.

— Bien. Procédez.

Les opérateurs se mirent au travail, accrochés à leur concentration tandis qu'autour, les cous se tendaient pour regarder par les interstices. Les lamelles ajustées presque simultanément dans les microscopes, les maîtres d'œuvre déclenchèrent de concert la projection des prélèvements. Un cri d'effroi teinté de protestation, saisit la classe décontenancée.

— C'est pas possible ! On a tout bien fait !

— En effet, confirma le professeur. Alors ? Vos hypothèses ?

— En fait elles n'étaient pas malades, c'est ça ?, avança le garçon aux cheveux filasse.

— Non, se contenta de répondre Méléas.

Quelques secondes s'écoulèrent.

— Et si on recommence l'expérience, ça fera la même chose à chaque fois, n'est-ce pas ?

— Oui.

— Et vous le saviez depuis le début..., inféra Sébastien, écœuré de s'être laissé berner.

— Exact. Alors ? Je vous accorde un quart d'heure. Vous vous organisez comme vous voulez, mais dans le calme.

Le choc enferma les élèves dans un mutisme éphémère. Les esprits les plus brillants et les plus enclins au challenge se mirent immédiatement à fomenter une riposte : il fallait à tout prix trouver une réponse, *la* réponse et écorner ainsi la suprématie jalousée de Méléas.

Benjamin, le damoiseau à la mèche, fit signe à Sébastien qui s'approcha, flanqué de son indéfectible disciple.

— Dégage Alban ! Cracha-t-il dédaigneux en donnant un coup de tête pour écarter sa frange.
— C'est avec lui ou sans moi, posa tranquillement Sébastien.

Alban n'escomptait pas, malgré leur récente entente, que son camarade l'estime d'une quelconque manière, encore moins qu'il le défende. Dorénavant, plus personne ne toucherait à un cheveu de Sébastien, parole de gitan ! Il serra les mâchoires et bouscula Benjamin.

— Alors, qu'est-ce tu vas faire, crevard ?

Sébastien fronça les sourcils.

— C'est bon, vous avez fini ? On peut discuter sérieux maintenant ?

Les deux coupables échangèrent une œillade belliqueuse et s'en tinrent là.

— Donc, si je résume : on sait que les amibes se reproduisent normalement pendant trois semaines et que durant la quatrième, un phénomène étrange entraîne leur destruction. On sait aussi que c'est un processus immuable.
— Du moins dans les conditions que nous avons expérimentées, ajouta Benjamin.

— Très juste.

— Et que ce n'est pas une maladie.

Les deux adolescents se tournèrent vers Alban, étonnés qu'il participe, avec un certain bien fondé, qui plus est.

— Oh putain mais qu'on est con !, jura Sébastien en se claquant la cuisse.

— Quoi ?

Le faciès soudain comploteur il murmura sa trouvaille à l'oreille de ses camarades.

— Bien. Le quart d'heure est écoulé. Qui veut soumettre sa théorie ?

Sébastien retint le bras d'Alban.

— Attends de voir ce que les autres ont à dire...

— Et s'ils ont bon aussi ?

— Tu paries quoi ?

Une jeune fille leva la main.

— Isis ?

— Le milieu se corrompt au bout de plusieurs semaines, comme quand on laisse une bouteille d'eau ouverte et qu'on ne peut plus la boire.

— Et pour quelle raison ne peut-on plus la boire ?

— Parce qu'il y a des microbes.

— Des bactéries se développent en effet, surtout lorsqu'on boit directement à la bouteille. Mais ici cela ne fonctionne pas. Pourquoi ?

— Parce que les amibes se nourrissent de bactéries.

— Tout à fait ! Bravo Céline ! Alors ? Jemma ?

— Elles n'ont plus assez d'oxygène.

— Intéressant, si ce n'est que les amibes ne respirent pas à proprement parler, elles n'ont pas de poumon. L'oxygène dont elles ont besoin provient des molécules d'eau qui les entourent et pénètre par diffusion, à travers leur membrane cytoplasmique semi-perméable. Je ne rentrerai pas dans les détails, mais en gros, tant qu'elles ont de l'eau elles ont de l'oxygène.

— Heeen les bollos !

— Alban, tu veux nous faire part de ton hypothèse ?

— Vas-y toi Séb.

— Sébastien, à toi l'honneur, donc.

Le garçon se leva, les joues rosies par l'excitation et une once de timidité.

— Le phénomène est dû à une combinaison de facteurs : d'une part la population qui augmente de façon exponentielle et d'autre part la pénurie de nourriture qui en découle.

— Continue, approuva le professeur en l'observant par-dessus ses bésicles.

— Le seul moyen d'assurer la survie de la colonie est de réduire le nombre d'individus de manière suffisamment drastique, pour permettre au milieu de se renouveler.

— Comment tu parles trop bien, mon frère !

— Tout à fait captivant, jeune homme. Et comment s'y prennent-elles ?

— Elles se dévorent les unes les autres.

*

Palais de l'Elysée, Paris 8ème

Le président de la République française, accompagné de son Premier ministre, attendait de pied ferme les représentants des gouvernements européens. Il avait été décidé que l'on tiendrait un pré-conseil avant l'arrivée des autres continents, afin d'accorder les diapasons. L'Europe avait merdé. On avait tardé à réagir sous couvert de motifs douteux et la catastrophe s'était produite.

Simultanément, dans à peu près tous les pays du monde, les mutants étaient sortis de leurs trous et avaient attaqué les bonnes gens dehors, dans le métro, *chez eux*... A l'aide d'outils qu'ils semblaient manier parfaitement, les anthropophages avaient forcé les portes et massacré des familles entières. Boulogne-Billancourt avait été la première cible. On avait établi que la « communauté » qui avait sévi là-bas, était aussi la plus ancienne. Les caméras de surveillance disséminées dans les rues avaient permis d'identifier, malgré leur transformation saisissante, une douzaine des cobayes du myélisox10. Le commissaire Laplace, sur leur piste depuis des semaines était parvenu à les coffrer. C'est ainsi que le comble de l'horreur avait été découvert : des enfants, mutants pour la plupart, partageaient la vie et les exactions de ces monstres...

On frappa à la porte. Un subalterne annonça les visiteurs. Le président Delolm les salua solennellement et les convia à s'asseoir.

— Bonjour mesdames, messieurs. A présent que l'écrasante vérité a complètement annihilé les thèses dites « complotistes » et autres théories farfelues - il décocha une œillade soutenue aux ministres belge et allemand-, je vais laisser monsieur le premier ministre vous exposer la situation. Le docteur Beauchamp, qui dirige les études sur les mutations, se tient à notre disposition pour répondre aux questions éventuelles.

Gaston Puissegain se leva et balaya la salle d'un regard volontaire. Grand, élancé, sa confiance excessive trahissait ses ambitions d'avenir.

— Bonjour à tous. Chacun de nos pays respectifs a vécu ces dernières soixante-douze heures des atrocités inqualifiables. Elles sont pourtant sans commune mesure avec le génocide qui s'est produit à Tokyo avant-hier. A deux heures du matin, des centaines de cannibales organisés en cohortes, ont surgi des bouches de métro, massacrant promeneurs et fêtards sur leur passage. Les formations, au nombre de vingt-huit et réparties dans divers quartiers, semblaient répondre à un plan précis : elles ont d'abord « nettoyé » les rues, puis ont sciemment investi des immeubles, des hôpitaux et des universités. Le nombre de décès s'élève à sept-cent trente-huit, dont cent-vingt-six enfants.

La consternation, l'affliction, se mêlèrent aux réflexions

des politiciens. La connaissance préalable des faits n'en rendait pas la commémoration aisée pour autant.

— Parmi les lieux sinistrés, une clinique psychiatrique n'a rapporté « que » -façon de parler- douze victimes, appartenant toutes au personnel soignant. Aucun malade n'a été touché.

— Comment expliquez-vous cela ?, intervint Marina Van Nuffel, la ministre de la sécurité hollandaise.

— Nous manquons d'éléments pour nous prononcer. Ce n'est d'ailleurs pas l'unique curiosité. Lorsque la communauté de Boulogne a été capturée, il y avait un enfant avec eux.

— Il y en avait même plusieurs, si je ne m'abuse, rectifia Heiderich, avec son fort accent germanique.

Le ministre de la défense allemand mettait un point d'honneur à s'exprimer dans la langue de Molière.

— Il y avait plusieurs enfants mutants, oui, mais un *normal* également.

— Comment ça *normal* ?

— Un non transformé.

— Ils ne l'ont pas tué ?

— Non et a priori ils communiquent avec lui.

— Pourtant ils ne parlent pas, du moins ceux que nous avons pris à Londres, ajouta Taylor, le Home Secretary anglais.

— Les nôtres ne parlent pas non plus. Ils doivent utiliser un système palliatif. L'équipe de Beauchamp nous donnera des précisions tout à l'heure, ainsi que sur un point encore plus mystérieux, relatif aux transformations elles-mêmes.

Apparemment il en existerait deux types.
— C'est-à-dire ?

A en juger par l'expression qui s'afficha instantanément sur leurs visages, aucun des membres de l'assemblée n'était au courant.

— Le premier, celui que nous avons temporairement dénommé le type « actif » est celui que nous avons pu voir sur les vidéos du net. Mais avec le groupe de Boulogne, deux individus présentaient des caractéristiques différentes : un homme et une petite fille, à qui du reste il manquait un pied.
— Mon Dieu quelle abomination !

Elen Peeters, la ministre déléguée belge, venait d'être grand-mère.
— Et qu'ont-ils de spécifique ceux-là ?, enchaîna Taylor, pragmatique.
— Ils sont cliniquement morts.

*

Elderberry Hill, quelque part en Europe

Numéro sept, affublé de sa casquette Barça, donna un dernier coup de visseuse et admira son œuvre : trente-huit carrés de bois brûlé, pour une meilleure durabilité, et surélevés pour le confort du dos.

— Voulez-vous que je vous aide à les remplir de terre ?

Numéro sept esquissa un sourire, agréablement surpris par la proposition de l'anglais.

— Je ne voudrais pas alimenter les stéréotypes, mais j'ai toujours aimé jardiner.

— C'est une bonne chose, vu notre reconversion prochaine !

Numéro un s'imagina en robe de bure et sandales, en train de cultiver amoureusement ses légumes et ses plantes médicinales, en attendant la prière du soir. La vie monacale ne lui aurait pas déplu. Elle comportait cette promesse de sérénité, d'absolu, qu'aucune fonction attachée au monde actuel et à ses futilités, ne pouvait offrir.

— Pensez-vous que nous mangerons un jour du pain français ?

Numéro sept pouffa de rire.

— Je ne parierais pas sur les aptitudes manuelles de numéro deux et m'est avis qu'il aurait trop peur de salir ses beaux costumes avec la farine !

— Nous nous en remettrons donc aux bons soins de numéro six et de sa délicieuse focaccia ! Il est l'heure, mon cher.

Les deux hommes éteignirent la lumière artificielle et empruntèrent l'ascenseur. Dans la salle de réunion, six des membres étaient déjà installés. Numéro cinq manquait à l'appel. Le britannique se renfrogna : ces entorses systématiques au règlement devaient être corrigées, instamment, ou des sanctions seraient prises. Il ferma la porte et démarra la séance.

— Bonjour à ceux que je n'ai pas encore vus.

A ce moment précis on actionna la poignée et numéro cinq se faufila dans la pièce.

— Veuillez m'excuser pour mon retard, une affaire à régler d'urgence.

Numéro un remplit ses poumons d'air et commanda à son cerveau d'atténuer son animosité.

— Aucune affaire ne peut, ni ne doit réclamer davantage votre attention que notre apostolat.

— Bien entendu, mais...

— Aucune dérogation ! La discipline, l'obéissance, la rigueur, sont les clefs de la réussite du projet. Je ne tolérerai plus aucun contrevenant. Me suis-je bien fait comprendre ?

— Parfaitement, acquiesça l'espion russe, acrimonieux.

— Bien. Reprenons. La phase deux du protocole touche à sa fin. Lorsque nous entrerons en phase trois, nous fermeront les accès de notre retraite pour de longs mois. Les préparatifs pour une nouvelle vie en autarcie sont pratiquement achevés. Il nous reste quelques essais à mener, sans doute quelques calages, mais nous seront prêts à temps.

— Et les réserves ?, s'enquit numéro huit inquiet, car s'il s'était débarrassé de ses addictions à l'alcool et aux drogues en tous genres, il n'en conservait pas moins une tendance à l'hyperphagie et une angoisse marquée du manque, un syndrome classique de transfert.

— Les réserves en produits de base ont été rassemblées selon le plan. Cela inclus également les médicaments. Je vous rappelle toutefois que l'objectif à terme est l'autosuffisance. C'est-à-dire que nous devons être capables -ou plutôt apprendre à le devenir-, de produire nous-mêmes les matières premières dont nous avons besoin et de les transformer. Les stocks ne doivent intervenir qu'en cas de nécessité absolue.

— Comment allons-nous distribuer les rôles ?

— Excellente question, quatre. Chacun d'entre nous a été sélectionné pour des aptitudes spéciales, dont certaines ne seront mises à profit qu'une fois le protocole finalisé. Les rôles impartis tiendront compte de vos talents, mais cela ne veut pas dire qu'ils n'intégreront pas une part de corvées. A fortiori, nous devrons tous nous acquitter de tâches ingrates. Cela fait partie de la vie quotidienne.

Numéro sept se demanda pour quelles capacités les autres avaient été retenus. Les siennes paraissaient évidentes : elles avaient déjà été largement exploitées pour la restauration d'Elderberry Hill.

— Pour l'heure, enchaîna numéro un, préoccupons-nous du dernier acte de la phase deux. Numéro neuf, c'est à vous.

Le suédois tapota sur le clavier devant lui et projeta sur l'écran commun, un dossier intitulé « Myélisox10 – Tests in vivo 2 ».

— Messieurs, voici le rapport compilé par Alpha2 pour la seconde phase de validation du myélisox10, après l'adjonction de l'inhibiteur nogo.
— Ce rapport n'est pas celui qui a été transmis à Alpha3, je suppose ?, interrogea trois qui n'avait pas suivi cette étape des opérations.
— Alpha3 n'en a jamais eu connaissance. Pour lui, un seul rapport avait été rédigé, le premier, sans nogo.
— Sage précaution.
— Clairement. Où en étais-je ? Ah oui : les tests ont été effectués sur un sample significatif de mammifères, de trois espèces distinctes. Comme vous pouvez le constater, entre quatre-vingt-dix-neuf et quatre-vingt-dix-neuf virgule cinq pour cent des sujets sont sensibles à la molécule.

Lindström tournait les pages virtuelles, au rythme de ses commentaires.

— Les variations des modifications cérébrales relevées, s'inscrivent dans un mouchoir de poche. Autrement dit, quels que soient l'âge, le sexe ou n'importe quel critère biologique, les transformations et leurs conséquences sont comparables. Les compressions inhérentes à la croissance anarchique des neurones et gaines de myéline, induisent les symptômes suivants : altération du goût, de l'appétence, inhibition de la nociception et de la satiété. A contrario, on note une amélioration notoire de l'acuité visuelle, notamment au niveau de la vision nocturne, un renforcement de l'odorat et de l'ouïe. En ce qui concerne les comportements, il semble y avoir un effacement de l'individualité au profit du grégarisme, ainsi qu'une normalisation des conduites. Les groupes opèrent selon un mode et une hiérarchisation invariables, communs aux différentes races. La mutualisation des actes et des gains s'accompagne d'une forme de communication non sonore mais tangible. Nous avons pu confirmer depuis, que les mutants issus d'humains avaient abandonné la parole au profit de ce système.

— A-t-on une idée précise de son fonctionnement ?, s'intéressa numéro six.

— Pas précise non. La gestuelle et l'odorat jouent certainement un rôle. Il se peut également qu'ils émettent des sons que nous ne sommes pas en mesure de percevoir. Alpha1 a émis une hypothèse intéressante à ce sujet : les masses de neurones créées par le myélisox formeraient un tout autonome, un genre de quatrième « cerveau », à l'origine entre autres, de cette codification inconnue.

— Qui les change en bancs de poissons.

Le sarcasme de cinq ne suscita pas la réaction escomptée. Numéro neuf s'assombrit brusquement et énonça d'une voix morte :

— Vous appartenez indubitablement à cette catégorie de personnes qui considèrent que la parole, en plus d'être l'apanage de l'homme, constitue une preuve de sa supériorité ? Pourtant il existe des langages sans paroles parfaitement efficients, les abeilles par exemple. Mais vous me rétorqueriez qu'ils sont moins élaborés, n'est-ce pas ?

Numéro cinq connaissait suffisamment le généticien

pour se méfier de ses questions à tiroir...

— Je ne l'ai pas dit, mais soit.

— La complexification du code de communication n'est pas synonyme d'efficacité, bien au contraire. Le langage parlé ou écrit est doublement biaisé, par la source d'une part et par la cible de l'autre. En effet, chacun y apporte son degré de compréhension et son vécu. Chacun *interprète* ce qui est dit autant que ce qui ne l'est pas, en préjugeant de *l'intention* de celui qui écrit ou qui parle et en y superposant son propre bagage. C'est valable aussi pour la source qui projette un modèle présupposé sur la cible. Plus le message est complexe, plus l'information reçue est éloignée du sens primaire. En normalisant les conduites, en simplifiant les échanges, vous réduisez, voire supprimez l'écart lié à l'interprétation. Une chose n'est pas moche, grise, vintage ou trop chère ; elle se mange ou elle ne se mange pas. Ne pas parler c'est aussi bannir les émotions qui détraquent les comportements de survie. Les élucubrations amoureuses pour ne citer qu'elles, sont inutiles à la reproduction et peuvent même y nuire, en favorisant les attitudes contre-productives : le crime passionnel, la mélancolie, le suicide, que sais-je encore ? En simplifiant la communication, on s'affranchit des ondes parasites.

— Mais qu'est-ce qu'on doit se faire chier...

— Vous croyez ?

Il marqua une pause, l'œil vague.

La parole n'avait pas sauvé sa mère. Ni infléchi le destin d'un despote abusif. Au contraire. Du haut de ses cinq années, son cerveau juvénile tout juste prêt à tatouer ses premiers souvenirs, le petit Sven avait assisté au naufrage psychique de sa mère. Depuis le placard où il se réfugiait, dès que la tempête grondait, il avait subi les crises, en silence. Une main sur la bouche, il serrait fort son lapin en peluche, pour ne pas que la voix tonnante de son père ne le terrorise. Le sens des mots assénés comme des poignards lui échappait, mais les pleurs hystériques de sa mère, faisaient remonter son cœur dans sa gorge. Entre deux sanglots, elle hoquetait des phrases avortées, des contre-arguments surement, sans succès. La figure infernale, déformée par la colère et la jubilation perverse, sonnait l'hallali, crachant sans pitié ses gerbes d'humiliations et claquait la porte, juste avant la mise à mort. A pas de loup, comme pour ne pas invoquer le monstre, le petit garçon sortait de son placard et s'approchait de sa mère. Il aurait voulu qu'elle le prenne dans ses bras, qu'elle le réconforte mais elle préférait noyer ses chimères, ses tourments dans la potion magique, comme elle l'appelait. Un mélange d'alcool et d'antalgiques. Jusqu'à la dose de trop.

Ce soir-là, elle s'était effondrée à terre. On aurait dit qu'elle dormait. Sven s'était blotti contre elle. Elle ne l'avait pas repoussé, calme, tiède, apaisante. Il s'était endormi. Profondément. Probablement la nuit la plus douce de sa vie.

Teodor Lindström n'était rentré que le lendemain. Froidement, il avait appelé la police et non moins froidement, convoqué sa belle-sœur pour lui remettre l'enfant. Sans un mot, sans même un regard. Et pour toujours. Il avait fallu convaincre la police. Sa maîtresse lui avait servi d'alibi. Affaire classée. Seule la parole du plus fort avait été entendue. Les mots des faibles ne portaient pas, parce qu'amputés par l'indigence du messager.

Depuis ce jour, Sven contre toute attente, avait développé une aversion reptilienne pour la veulerie.

— Passons sur ces considérations peu à propos, reprit numéro neuf comme brutalement surgi d'un tunnel. Je mentionnais tout à l'heure la mutualisation des actes et des gains. Et bien celle-ci semble s'étendre à l'apprentissage. Je m'explique. Sur ces graphiques apparaissent les courbes d'apprentissage de clusters de dix-huit sujets chacun, un graphique par espèce. La courbe en rouge correspond au seul cobaye soumis à l'expérience pour chaque groupe. Or, vous constaterez la progression en paliers de *tous* les individus, à chaque exposition de seulement *l'un* d'entre eux ! Si certains estiment que leur mode de communication est une régression, leur faculté d'apprentissage mutualisé n'en est certes pas une.
— Je me trompe ou vous les admirez ?, suggéra numéro deux, à qui les mutants inspiraient surtout du dégoût. Ne seriez-vous pas en train de prétendre que ce sont *eux* les Surhommes ?
— Non. Ils sont seulement le maillon entre nous et *lui*. Nous sommes le pont, ils sont le déclin. *Notre* déclin.
— En tout cas c'est le but, coupa numéro un. Poursuivez, je vous prie.
— Tout ce qui a été décrit jusqu'ici a dûment été exploité pour modéliser les scenarii les plus plausibles. Notre protocole s'appuie sur une valeur médiane entre le scénario le plus pessimiste et le

plus optimiste. Nous sommes tous conscients de la part d'aléas que nous ne maîtrisons pas, mais nous tablions sur une fiabilité de notre hypothèse à quatre-vingt pour cent. Or, Alpha1 a fait état d'un impromptu, qui à bien y réfléchir devrait se révéler précieux.

— Et qu'est-ce que c'est, cette fois : des embryons qui se transforment dans le ventre de leur mère ?

Numéro deux faisait allusion aux enfants mutants. La nouvelle l'avait terriblement choqué.

— Non.

— Quoi alors ?

— Ils ne meurent pas.

*

Unité pour malades difficiles Henri Colin, Villejuif

Le petit garçon pleurait à chaudes larmes. Il n'éprouvait ni révolte ni peur. Il était triste, profondément, viscéralement. Accablé, misérable. On lui avait repris sa liberté, ses amis, ses chats, on lui avait volé sa vie… La tête enfouie dans les genoux, il souffrait le temps qui passe et refusait de manger. L'infirmier l'avait menacé d'intubation. Cela n'avait pas d'importance. Plus rien n'en avait. Pas même la lune qui faisait luire dans son rayon les grains de poudre scintillante, la poudre qui faisait s'envoler les fées. Et pour aller où ?

Quelque chose gratta à la fenêtre. A quoi bon ? On gratta

encore. Irvine leva des yeux bouffis en direction du bruit. Il y avait comme une ombre là-haut. Puis on gratta de plus belle. Il tira la chaise qui lui servait de table de nuit par le dossier et la cala contre le mur. Juché sur la pointe des pieds, se hissant de toute la force de ses petits bras, il parvint à la hauteur du carreau. De l'autre côté, un garçonnet aux cheveux ébène le fixait, impassible : Mirabeau.

— C'est toi mon pote ? Mais qu'est-ce que tu fiches là ? Tu t'es pas fait gauler ?

Mirabeau s'écarta, laissant la place à un museau blanc et noir.

— George ! Bah t'es là aussi ? Tu cherches ta maîtresse, hein... Oui elle est ici.

Ne sachant pas son vrai nom, puisqu'Amandine ne parlait pas, il avait affublé Aristide, d'un prénom qu'il trouvait rigolo.

— Vous êtes que tous les deux ?

Mirabeau fit un bond en arrière et les visages crasseux de Gaël et Joséphine apparurent, accompagnés d'ombres, qu'on ne pouvait distinguer.

— Attends, je vais essayer d'ouvrir, je vous verrai mieux.

Derrière les barreaux, un loquet permettait d'entrouvrir une fenêtre à guillotine. Les cellules devaient être aérées tous les jours, par mesure d'hygiène. Une butée entravait l'ouverture vers le haut, mais l'espace se révéla suffisant pour y glisser un objet brillant.

— Qu'est-ce que c'est ?

Irvine attrapa le cadeau de Gaël, en prenant soin de ne pas le lâcher.

— Un couteau ?

Les aides-soignantes de nuit terminaient leur rotation après la distribution des petits déjeuners, à six heures trente. Les nouveaux arrivants occupaient le bloc vingt-deux, à distance des patients « normaux ». C'était drôle de dire ça, parce que ceux que l'on appelait les « normaux » étaient des éventreurs, des nécrophages, des violeurs de vieille dame...

Afin de garantir leur sécurité, les deux femmes affectées au bloc devaient appliquer des consignes rigoureuses. Au moindre problème, Sélim se tenait prêt à intervenir.

— On commence par le gamin de la 28. Tu te rends compte les horreurs auxquelles il a dû assister ce môme, au milieu de ces monstres ?

— Mouais... A voir s'il n'y participait pas. Personne ne rentre ici sans rien à se reprocher. Ouvre la trappe.

— Viens prendre ton petit déjeuner mon bonhomme. C'est ta dernière chance, tu sais. Après on sera obligé de t'intuber.

La femme en rose jeta un œil par la trappe.

— Nom de Dieu !, fit-elle

— Qu'est-ce qui se passe ?, demanda l'autre en la poussant pour voir par elle-même.

Irvine était allongé au sol, un filet de bave au coin de la bouche.

— Appelle Sélim ! Ordonna mademoiselle rose, en déverrouillant la serrure.

Tandis que la seconde s'empressait de rejoindre le poste des infirmiers, mademoiselle rose pénétra dans la cellule. Prudente, elle donna du pied pour s'assurer que le corps ne réagissait pas.

— A tous les coups il nous fait une crise d'épilepsie !

C'était courant en hôpital psychiatrique. Elle se baissa pour mesurer le pouls de son patient, quand une douleur fulgurante lui transperça la panse, qu'elle avait généreuse heureusement et s'effondra à terre.

On ne se méfie jamais assez des enfants.

— Sélim ! Sélim ! Y a un pépin avec le gosse !, aboyait la deuxième pendant ce temps-là.

Sélim ignora sa collègue qui déboula dans le bureau. Il était assis, penché en avant et lui tournait le dos.

— Encore sur ton téléphone ? Bouge-toi, y a urgence !

N'obtenant pas réponse, elle le saisit par l'épaule et le secoua. La tête bascula en arrière, inerte, et au moment où elle aperçut la mare de sang, des inconnus se jetèrent sur elle.

Mirabeau, Joséphine, Gaël et deux autres avaient échappé à la rafle orchestrée par le commissaire Laplace, parce qu'ils étaient partis en reconnaissance une demi-heure avant. Depuis quelque temps, les bannis changeaient régulièrement d'abri. C'était arrivé comme ça. Et ce soir-là, la communauté devait en choisir un nouveau. Lorsque les éclaireurs étaient revenus au parc des Glacières, leur refuge précédent, les autres avaient disparu. Désemparés, ils étaient restés plantés là, tandis qu'Aristide reniflait, frottait ses joues sur le sac-à-dos abandonné d'Amandine. Dix minutes plus tard Gaël était sorti de la cabane. Mirabeau, le sac et le chat sur le dos l'avait suivi, puis les cinq étaient partis. Ils avaient capté quelque chose, un genre de balise grâce à laquelle ils avaient parcouru sans erreur, la dizaine de kilomètres qui les séparait de l'UMD de Villejuif. Arrivés sur place en fin d'après-midi, ils avaient cherché un endroit où se cacher. A couvert, pour ne pas attirer l'attention, ils avaient fait le tour de l'hôpital et repéré une zone de travaux, vaguement barrée au public par une grille de fortune en fil de fer barbelé. Une multitude d'Algecos contenant du matériel et des lieux d'aisance, offraient autant de cachettes possibles. A quoi rimait d'installer un gardien devant l'entrée principale, quand on pouvait pénétrer dans l'enceinte comme dans un moulin, deux-cents mètres plus loin ? Après avoir localisé l'aile où étaient détenus leurs semblables et signalé leur présence à Irvine, ils avaient patienté de longues heures. Une partie de l'équipe soignante était arrivée vers six heures du matin et Mirabeau était entré en scène. Il s'était posté devant la porte vitrée, avant que les infirmiers ne montent à l'étage et avait frappé avec son poing. Un homme s'était retourné, surpris. Il avait vu ce gamin tout sale avec son air bizarre qui lui inspirait des sentiments étranges, contradictoires.

— Lisa, viens voir.

— Quoi ?

— Y a un gosse chelou à la porte.

Lisa s'était approchée à petits pas, réticente. Immédiatement, elle avait remarqué les prunelles effroyablement noires de Mirabeau et l'invraisemblable couche de crasse qui lui couvrait le visage.

— On dirait l'un d'eux.

— L'un d'eux, tu veux dire...là-haut ?

— Oui. J'appelle Desmoines, qu'il vienne nous en débarrasser. Ils me fichent la pétoche ces mouflets.

Dans sa guérite, Desmoines sirotait un café très sucré pour ne pas s'endormir. Plus qu'une demi-heure avant la relève. C'est alors que l'interphone avait retentit.

— Oui ?

— Desmoines rapplique on a besoin de toi !

— Quoi ? Mais pourquoi ?

— Y a un môme flippant à la porte. Je suis sûre que c'en est un !

— Arrête tu te fais des films. Depuis qu'ils les ont amenés t'en vois partout. Tu te rappelles au parc l'autre jour ?

— Ouais bais viens quand même !

— Putain t'es lourde ! J'ai fini mon service moi...

— Rapplique et je te paye un twink.

Desmoines soupira. A contrecœur il descendit de son tabouret, vérifia qu'il avait son passe et sortit. Il n'eut pas le temps de crier à l'aide, que deux bannis lui sautaient dessus.

— Qu'est-ce qu'il fout ?

— Là-bas, il arrive !

Une silhouette en provenance du poste de garde avançait, en direction du bâtiment principal. Lisa plissa les yeux. Quelque chose la dérangeait.

— C'est pas lui !

— Hein ? Mais qu'est-ce que tu racontes ?

— C'est pas lui, je te dis !

Sa collègue avait raison, l'homme qui venait vers eux n'avait rien de commun avec Desmoines, il était fin, échevelé et dégoulinant d'un liquide sombre. Lisa hurla.

— Sonne l'alarme !

Elle appuya frénétiquement sur le bouton de l'ascenseur. Trop tard. La porte télécommandée s'ouvrait grâce au passe à infrarouge, et les cinq bannis se jetaient sur eux.

On ne se méfie jamais assez des enfants.

Irvine et Gaël munis des clefs dérobées au personnel, avaient déverrouillé les cellules de l'étage. Ils étaient tous là, alignés dans le couloir, sauf Amandine et Richard.

Les « morts » étaient confinés ailleurs, à la disposition du professeur Beauchamp.

— On va la retrouver mon pépère, je te le promets, susurra l'adolescent à l'oreille de George-Aristide.

Erika fit quelques pas et la communauté se mit en marche.

*

Mirabeau

La voix nous dit que nous serons arrivés quand nous ne l'entendrons plus. L'animal vient avec moi. C'est un banni. L'animal le sait. Il nous suit. Toujours. Avancer. Il n'y a pas de fatigue. Avancer. La voix se tait. Entrer. Se cacher. Attendre les normaux. Ils arrivent. Je les vois. Je regarde les normaux. Je tape pour les appeler. Ils ont peur. Les meneurs arrivent. Ils sont là. Ils ont un outil. Les normaux voudraient partir. La porte est ouverte. Avancer. Le sang. Sauter et mordre. Sauter et mordre.

Gaël

Avancer. Ensemble. Retrouver les bannis. Avancer. Nous sommes les meneurs et la voix nous guide. Avancer. Les bannis sont dans la grande maison. La voix appelle derrière des barreaux. Approcher. L'odeur ressemble à celle des normaux. Mais les normaux n'en ont pas voulu. Ils nous l'ont donné. Il sait que nous sommes là. Dans ma poche il y a un outil. Lui donner l'outil. Les mains et les dents ne suffisent pas. Se cacher et attendre les normaux. Ils arrivent. Faire sortir le normal de sa cachette. Sauter et mordre. Maintenant. Prendre son outil. Avancer. Appuyer et entrer. L'odeur du sang des normaux. Sauter et mordre. Monter en haut chercher les bannis. Ils sont là. Pas tous là. Partir ensemble. Avancer.

*

Guryong Village, Séoul

Kim Cheung s'accroupit auprès de l'homme aux prunelles sinistres. L'odeur de rance qu'il dégageait était insoutenable, la terreur qu'il inspirait encore davantage. Mais ils étaient des créatures de Dieu. Il y en avait onze. Tous dotés de cette expression angoissante, immuable. Simultanément, ils se redressèrent et fixèrent le vieux prêtre avec insistance.

— Bonjour. Je m'appelle Kim Cheung. Je suis le pasteur de notre paroisse de miséreux. Je suis là pour vous aider. Quel est votre nom ? Comment êtes-vous arrivés ici, vous et vos compagnons ?

L'inconnu resta muet, le regard profond, terrifiant. Dans un coin de sa cervelle, Kim Cheung invoquait la bienveillance du Seigneur.

— Vous ne voulez pas parler ? Ce n'est pas grave. Bien des âmes tourmentées ont recouvré la paix à nos côtés. Nous ne sommes pas là pour vous créer des ennuis, au contraire, nous vous soutiendrons. Un jour, quand l'orage de votre vécu sera apaisé, vous prodiguerez vous-mêmes vos bons soins aux âmes qui nous arriveront abîmées. Venez avec moi, nous allons vous procurer de quoi vous abriter du gel et de la pluie.

Cheung, les genoux perclus de rhumatismes, se releva avec peine et tendit la main à son hôte qui ignora le geste et pivota lentement vers la femme derrière lui. A son tour la vieille femme se tourna vers un autre et ainsi de suite jusqu'au dernier. Ensemble ils se levèrent et suivirent docilement le prêtre.

On ne se retourna pas sur leur passage, c'est à peine si on les remarqua. Au milieu des exclus, les bannis passaient inaperçus.

— Bonjour pasteur. De nouveaux arrivants ? D'où viennent-ils ces pauvres diables ?

Eun-jung observa ces tristes sires dépenaillés et dodelina du chef, consternée. Retraitée à soixante-treize ans, quand l'épuisement ne lui avait plus permis de continuer, elle avait passé les deux années suivantes dans le dénuement le plus sévère. Et puis quand ses maigres allocations avaient été englouties dans le quotidien, elle avait atterri à Guryong Village le ghetto des indigents, tout comme ces gens aujourd'hui. A en juger par leur allure, cela devait faire un moment qu'ils vivaient dans la rue.

— Ils ne l'ont pas dit. Ils ne parlent pas. Ils ont dû vivre un épouvantable traumatisme, pour en avoir perdu l'usage de la parole.

Eun-jung serra ses doigts tordus par l'arthrose sur son chapelet.

— Je prierai pour eux.

A l'opposé des jardins potagers était entreposé un fatras de matériaux, récupérés dans les décharges et dépotoirs du monde d'en face. Quelques abris de fortune avaient aussi été aménagés, en attente d'habitants pour les fignoler.

— Voilà. Ce n'est pas luxueux, mais vous pourrez y apporter votre touche personnelle au fur et à mesure. Prenez votre temps, il y en a à revendre ici ! Ce matériel est à votre disposition. N'hésitez pas à ravitailler les stocks avec vos trouvailles. Je vous laisse tranquilles. Si vous avez besoin de moi j'habite rangée trois en partant du nord, troisième maison, c'est facile.

Les bannis s'engouffrèrent dans la cahute de bric-à-brac, fermèrent la porte et se mirent en veille, jusqu'à la nuit.

Aux derniers rayons du soleil, quand les naufragés de Guryong se calfeutraient au chaud, les onze mutants sortirent en file indienne et quittèrent le village. Derrière il y avait l'abri, devant, la six voies, et en face, le garde-manger. Comme un seul homme, ils traversèrent la route, indifférents aux conducteurs médusés qui pilaient pour ne pas les percuter. Les rues de Gaepo Dong étaient peu fréquentées à cette heure. Les jeunes préféraient les quartiers animés, tandis que les plus âgés privilégiaient un sommeil bénéfique à leur santé. Ha-joon, l'homme qu'In-soon avait rencontré à la halle aux poissons, guidait le cortège. Il s'arrêta devant le premier immeuble et s'appuya contre la porte, bientôt imité par les autres. En vain : l'entrée était commandée par un interphone. Ha-joon fit volte-face et se dirigea vers le bâtiment suivant. Cette fois la porte s'ouvrit. Le rez-de-chaussée desservait un local à poubelles et un parking souterrain. Le fumet n'était pas celui recherché. Une à une, ils gravirent les marches qui se présentaient à eux, jusqu'au premier étage où un palier distribuait cinq appartements. Et le manège reprit : chacun à son tour poussa de toutes ses forces pour faire céder le battant, mais celui-ci tint bon. La première stratégie avait échoué. Ils s'emparèrent des outils qu'ils avaient amenés et avec une puissance incroyable pour des personnes de leur âge, se mirent à frapper le bois à coups violents, projetant des éclats à chaque impact. La propriétaire affolée appela la police. De l'autre côté, son voisin tiré du lit par le vacarme allait s'interposer dans un réflexe héroïque, quand son esprit refusa d'interpréter ce qu'il voyait : une clique de vieux déguenillés, qui le toisaient de leurs yeux tous identiques, cauchemardesques. Instinctivement il recula, sans se retourner, pour ne pas perdre de vue ces effroyables terroristes et trébucha sur un pli de moquette.

Lorsque la police arriva sur les lieux, le calme était revenu. Il n'y avait plus sur le sol qu'une mare de sang et des éclaboussures maculaient les murs blancs de l'appartement du voisin. La dame qui les avait appelés raconta l'horrible spectacle auquel elle avait assisté, au travers de la loupe sélective de son judas. L'officier de police Rhee téléchargea à l'aide du code QR3, l'enregistrement de la caméra de surveillance, postée à l'entrée de l'immeuble et rappela ses sbires. Il enverrait la police scientifique, une fois rentré au commissariat.

— Mr le superintendant Choi ?, s'enquit-il, déférent et humble.
— Qu'y a-t-il ?
— Il y a eu une agression ce soir dans un immeuble de Gaepo Dong. Un homme s'est fait assassiner.
— Hummm, c'est fâcheux.

Le ton dur de son patron intimidait Rhee.

— Ce n'est pas tout, annonça-t-il timoré, poussé par le sens du devoir.

— Quoi encore !
— Vous devriez visionner ceci.

Et d'une main tremblante il lui tendit son portable. Le superintendant Choi détestait qu'on lui dicte ses actes, mais l'insistance de son subalterne qu'il savait particulièrement soumis l'intriguait.

— Allez-y.

Rhee téléchargea les images sur le support numérique. La vidéo montrait une horde de vieux à l'aspect familier s'agglutiner contre la porte du bâtiment, puis plus rien. Un quart d'heure plus tard, les mêmes vieux repartaient à la queue leu leu, lestés chacun d'un fardeau.

— Qu'est-ce que c'est que ça ?

Rhee agrandit l'image et en retoucha la netteté.

— Une demi-jambe monsieur.
— Ssibal ! Encore une bande d'anthropophages ! Comme au marché aux poissons !
— Pas *encore* une, monsieur...
— Comment ça ?
— Ce *sont* ceux du marché.

Le superintendant Choi revint en arrière et s'approcha de l'écran.

— Vous en êtes certain ?

— Oui. Je faisais partie de ceux qui les ont débarqués à Guryong.

Une grosse goutte de sueur perla sur le front du superintendant : il allait devoir en référer aux autorités. Au mieux, il serait destitué.

*

Palais de l'Elysée, Paris 8ème

La plupart des dirigeants ne comprirent pas immédiatement ce que Gaston Puissegain sous-entendait par « Ils sont cliniquement morts », en parlant du deuxième type de mutants.

— Pourquoi *deux* catégories, s'il ne s'agit que de cadavres ?, interrogea Heiderich interdit.
— Quand je dis « cliniquement mort »...
— Vous voulez dire qu'ils peuvent encore se mouvoir, n'est-ce pas ?, coupa Taylor qui avait tout de suite saisi la subtilité.
— Ils sont toujours *mécaniquement* fonctionnels, oui.
— Cela n'a aucun sens !
— Je vous l'accorde Herr Heiderich, cela n'a aucun sens, et pourtant…
— On parle bien de..., Elen Peeters hésita une seconde, *zombies* ? C'est une plaisanterie ?
— J'aimerais beaucoup mais non, ce n'est pas une plaisanterie.

— Comment est-ce possible ?

— Le docteur Beauchamp nous apportera des précisions sur cet aspect, quand nous serons au complet.

— Donc si je résume, intervint Osante, le vice-président espagnol, le monde entier est à la merci de mutants qui attaquent les gens chez eux et qu'on ne peut pas anéantir. Tout ça à cause d'une molécule mise à la hâte sur le marché, c'est bien ça ?

— Primo je n'ai pas dit qu'on ne pouvait pas les éliminer, deusio je ne vois pas ce qui vous permet d'affirmer que la mise sur le marché du myélisox10 n'a pas respecté scrupuleusement les étapes de validation.

— Parce que vous allez prétendre devant les japonais et tutti quanti, comme dirait mon collègue italien, que ces malencontreux « effets indésirables » n'ont pas été détectés au cours des tests in vivo ?

— Les résultats ont été falsifiés.

Tous les regards se braquèrent sur Taylor.

— D'où tenez-vous cette information ?, aboya Puissegain, comme pris en faute.

— Quelle est la pertinence de cette question ? Ce qui compte c'est la vérité, n'est-ce pas ? La plus stricte vérité. Le professeur Langeais qui dirigeait l'équipe de chercheurs du myélisox10, a soudoyé le laboratoire suédois en charge des tests in vivo, afin d'accélérer l'obtention de l'AMM, l'Autorisation de Mise sur le Marché, pour sa molécule.

— Et selon vous, dans quel but aurait-il commis un tel sacrilège ?

— La gloire. Pour ce qu'elle a duré. L'argent. Cela me paraît évident.

— Le professeur Langeais, paix à son âme, était médecin et à ce titre, assujetti au serment d'Hippocrate. Il n'aurait pas mis en danger la vie de milliers de patients juste pour une affaire de sous, c'est inconcevable !

— Mon cher Gaston, aventura Luciano Allosi, avez-vous une idée du nombre de meurtres perpétrés par les organisations mafieuses chaque année, « Juste pour une affaire de sous » comme vous dites ? Des dizaines de milliers. Langeais lui, n'avait même pas à appuyer sur la gâchette !

L'intervention du ministre de la protection du territoire italien, tendit à fléchir les sceptiques.

— Et si quelqu'un dans cette pièce mesure l'omnipotence de l'argent, c'est bien moi. La 'Ndrangheta officie en Calabre depuis plus de deux cents ans !

— Admettons… Toutefois quelles preuves tangibles pouvez-vous produire qui étayeraient objectivement vos allégations, Taylor ?

— J'ai avec moi le rapport original non trafiqué. Je peux le projeter si vous le souhaitez ?

Taylor était un as du poker politique. Le président Delolm jugea opportun de reprendre les rênes. Puissegain s'enlisait dangereusement. Il fallait le tirer de là.

— Mes chers confrères, oui nous avons commis des erreurs. Je plaide coupable. Les boucles de contrôle mises en place par l'ANSM, l'Agence Nationale de Sécurité du Médicament, sont incontestablement défectueuses : elles auraient dû déceler la supercherie, si élaborée soit-elle. Je remédierai à cela dès la fin de ce meeting. J'y veillerai personnellement. A présent concentrons-nous sur la situation et ses solutions, voulez-vous ? Mettez-nous Beauchamp en visio, Gaston.

— Vous ne souhaitez pas attendre que les...

— Nous manquons d'éléments concrets. Il nous faut du grain à moudre, ou nous allons droit dans le mur !, chuchota-t-il en aparté.

La sonnerie retentit trois fois et Louis Beauchamp apparut sur l'écran.

— Bonjour docteur. Nous requérons vos lumières, vous savez à quel propos ?

— Bonjour Mr le président, bonjour à tous. Oui, je vous écoute.

— Tout d'abord, auriez-vous une idée du nombre de gens potentiellement transformés à l'heure actuelle ?

— En France ?

— Dans le monde.

— Le calcul est assez simple : 27% de la population mondiale est atteinte de troubles psychiques, dont une part significative était censée répondre favorablement à la molécule. Les maladies dégénératives du SNC, la cible première du médicament, représentent de leur côté environ 11%. Si l'on déduit de ces chiffres les malades n'ayant pas eu accès au traitement, faute de ressources ou de stocks disponibles, on en arrive à une estimation de 0,5% de la population mondiale. Soit quarante-cinq millions de personnes, dont une partie seulement est déjà « transformée ». Les autres suivront dans les semaines à venir.

— Nom de Dieu c'est énorme !, s'exclama Peeters.

— Oui c'est énorme... Avez-vous pris en compte l'arrêt complet des prescriptions, décrété il y a deux semaines ?

— Malheureusement oui. Le stade critique d'administration s'élève à un mois. Toutes les personnes ayant consommé la molécule pendant trente jours consécutifs sont sûres de déclarer les effets à terme, et il ne semble pas y avoir de régression, même après l'interruption du traitement, du moins avec le recul dont nous disposons. Les individus que nous avons auscultés sont les premiers à avoir été traités au myélisox et six mois plus tard, aucun ne présente d'amélioration.

— Peut-on mettre au point un antidote ou n'importe quoi qui puisse minorer les répercussions ?

— Je crains que non, Mr le président. A moins d'intervenir chirurgicalement, avec toutes les incidences que cela induit.

— Un coût prohibitif, sans garantie de résultat, conclut Marina Van Nuffel.

— Je pensais davantage au handicap mental inévitable, en cas de résection des masses…

— Oui bien entendu, modéra Delolm.

— C'est une catastrophe !

Peeters avait du mal à refréner ses émotions, partagée entre la protection de ses fesses et l'anticipation du génocide sous-jacent.

— Ne nous affolons pas, repris le président français et venons-en plutôt aux moyens d'adresser le problème. Professeur si j'ai bien compris, les mutants ne peuvent pas réellement mourir, du moins naturellement ?

Beauchamp hésita. Une gêne palpable se dessina sur ses traits.

— En fait ils meurent, d'un certain point de vue. Les deux cas que nous avons étudiés sont décédés des suites de leurs blessures, de septicémie pour être exact. Mais une sorte d'influx électrique super puissant, généré par les excroissances de leur SNC active le système nerveux périphérique et engendre des mouvements plus ou moins erratiques. Les organes, le cœur lui-même, conservent une activité, bien que fort réduite. L'irrigation globale est insuffisante. La conséquence est une décomposition lente des tissus.

— Fort bien, mais comment peut-on les stopper ?

— En neutralisant le SNC.

— Faut leur faire sauter le caisson, quoi !

Godivaud, un large sourire aux lèvres, s'était invité en arrière-plan. Dans la salle, des masques offusqués accompagnèrent un chapelet de remarques désapprobatrices. On discutait à mots couverts des façons d'éliminer quarante-cinq millions d'humains, mais en usant de termes politiquement corrects, un club auquel Karl avait définitivement refusé d'adhérer.

— Pardonnez l'effronterie de mon assistant, monsieur Karl Godivaud. Les bonnes manières ne font pas partie de son bagage.

Le président ne commenta pas.

— Vous comprenez qu'étant donné les enjeux nous ne pouvons nous contenter de théorie ?

— C'est très clair. Nous pratiquerons des essais sur les mutants cet après-midi.

— Oui enfin, sur les deux qui restent !, précisa le jeune chercheur par pure provocation.

— Comment cela, les deux qu'il reste ?

L'embarras de Beauchamp s'épanouit largement sur son visage déconfit. Et avant qu'il n'ait eu le loisir de parachever sa réponse :

— Ils se sont fait la malle !

— De l'UMD ? C'est impossible !

— Et bah si ! Pas si cons les mutants. Moi j's'rais vous, je ne les sous-estimerais pas. Surtout que vu le peu de temps qu'on a eu pour analyser leurs comportements, on n'en sait toujours pas chouille sur leurs *réelles* capacités. A part qu'ils agissent comme un genre de meute 2.0 et qu'ils apprennent méga vite.

— Je vous remercie messieurs, statua Delolm, pressé de couper court aux intrusions du jeune chercheur. Nous vous rappellerons si besoin. A plus tard.

Il opposa un regard franc à l'assemblée dubitative, qui le toisait en ce moment.

— Bien. La priorité numéro un, vous en conviendrez, est de déterminer le nombre de malades déjà transformés et ceux ayant été traités au myélisox10, en prévision des futures mutations.

— Je suis d'accord, acquiesça Van Nuffel, largement appuyée par les autres.

— A mon avis, il faudrait également prévoir dès maintenant, des structures pour la mise en quarantaine des patients encore sains, ajouta le ministre de la défense allemand, un familier des pandémies.

— Tout juste. Et des unités complémentaires sécurisées, pour les mutants.

Tous approuvèrent la suggestion d'Osante, désarçonnés cependant par l'ombre des miradors qui se profilait dans leurs esprits.

*

Daphné

Daphné n'avait jamais abandonné. Elle avait établi un rituel quotidien, inflexible, addictif, au sens que si elle manquait un rendez-vous une profonde sensation de malaise, des sueurs froides, prenaient possession de son être, altérant sensiblement ses humeurs. Deux semaines plus tôt, Batiste était rentré inhabituellement guilleret avec un bouquet de fleurs et une enveloppe, affublée d'un ravissant nœud rose.

— Qu'est-ce que c'est ?
— Bah ouvre, tu verras.

Le sourire niait qu'il affichait ne lui disait rien qui vaille.

— Un voyage aux Maldives ?, dit-elle interloquée, la brochure du club de vacances à la main.
— Et « All inclusive » s'il vous plaît ! On part demain.
— Quoi ? Mais c'est impossible !
— Comment ça impossible ? Qu'est-ce que tu as de si important à faire, ces quinze prochains jours ?
— Un détail : retrouver *notre* fille !

« *Notre* fille ». En insistant comme elle l'avait fait sur le « notre », Daphné mettait en exergue le manque d'implication, le désintéressement dont il faisait preuve. Elle voulait le faire culpabiliser pour qu'il comprenne ce qu'elle endurait. Si *elle* souffrait, il devait souffrir aussi.

— Justement ma chérie, cela ne va pas te plaire, mais il faut que tu prennes du recul, avant que ton acharnement ne tourne à l'obsession. Au moins temporairement. Cela fait des mois qu'on s'enlise et notre couple bat de l'aile.

Batiste n'avait pas lâché le morceau. Pour une fois dans

sa vie il avait fait montre d'une détermination sans faille. Ils s'étaient amèrement disputés, mais ils étaient partis. Les premiers jours, Daphné avait cherché coûte que coûte à se connecter pour suivre les nouvelles, puis elle avait capitulé, en apparence. En réalité, sa conscience dérangée lui répétait en boucle, afin de réduire son anxiété : « ce n'est pas grave, il ne se passe rien depuis des semaines, pourquoi cela changerait-il maintenant ? ». Elle n'avait pas fermé l'œil durant les quinze heures de vol retour, ne songeant qu'à une chose : accéder aux informations. Et là : patatras ! Dans le taxi qui les ramenait de l'aéroport, elle avait lu en gros titres sur la page web du quotidien local : « Mattéo Laplace les a vus ! », un intitulé ringard, qui singeait un feuilleton de science-fiction dénommé « Les envahisseurs », du temps de sa grand-mère. L'article faisait état de dizaines de meurtres commis par des mutants cannibales, arrêtés par le commissaire Laplace la semaine passée. Bon d'accord, dit comme ça, cela ressemblait à un mauvais scénario de série B, mais Daphné connaissait le commissaire. C'était lui qui l'avait reçue quand elle avait reconnu Amandine sur les vidéos.

Quelque chose lui échappait toutefois : s'il avait localisé sa fille, pourquoi le commissaire ne l'avait-il pas appelée ? Mais peut-être avait-il essayé… sans succès, tellement le réseau était mauvais, aux confins de l'île paradisiaque ! Le regard accusateur qu'elle lança soudain à son époux laissa ce denier perplexe, un tantinet inquiet.

Contournant les valises en vrac dans le vestibule, Daphné fit défiler frénétiquement ses contacts et enclencha le numéro du commissariat.

— Bonjour monsieur, j'aurais souhaité parler au commissaire Laplace s'il vous plaît, de la part de madame Favreaux.

— Ne quittez pas.

— Il est là, Laplace ?, cria l'agent à la cantonade.

— Nan, il est chez le proc !

— Et il revient quand, tu sais ?

— Aucune idée.

L'agent reprit la communication.

— Désolé madame, il s'est absenté. J'ignore quand il sera de retour.

— Bon, je vous remercie. Mais peut-être pourriez-vous me renseigner ?

— A quel sujet ?

— Au sujet des arrestations de cette... de ce gang de criminels la semaine dernière. Mardi exactement.

— Ah les mut...

— Oui c'est ça ! Les mutants. Savez-vous s'il y avait une enfant avec eux ?

L'homme se tut. Toute information relative aux mutants était classée confidentielle.

— Navré madame, je ne peux pas vous aider.

— Je comprends. Pouvez-vous me dire au moins où ils sont ?

— Non madame, je regrette.

Le policier raccrocha, la mort dans l'âme, réfutant une

intuition qui lui soutenait fermement que c'était elle, la mère de cette gosse au pied gangréné.

— Les mutants ? Mais qu'est-ce que c'est que cette ânerie ? Ça devient vraiment n'importe quoi !

Batiste avait capté incrédule des bribes de conversation et réagi en bon cartésien. Piquée au vif, exaspérée de se heurter à un mur de rationalisme inaltérable, Daphné avait empoigné son téléphone, tapé nerveusement sa recherche et fourré le résultat furieuse sous le nez de son mari.

— Tu ne prends quand même pas ce canular imbécile au sérieux ? Lis ! Non mais lis-moi ce tissu de conneries !
— Ecoute, mon trésor, que ton cerveau étriqué ne puisse l'accepter je le conçois, mais ta fille *est* une cannibale et ses petits copains aussi ! Comment c'est possible ? Je n'en sais rien, si ce n'est qu'à mon avis ce protocole, ce traitement miracle qu'on leur a injecté, n'y est pas pour rien !

A bien y réfléchir, Batiste réalisa que l'hypothèse, ne semblait plus si invraisemblable que ça.
— Qu'est-ce que tu as l'intention de faire ?, hasarda-t-il.
— Trouver où ils l'ont emmenée. Où ont-ils pu les mettre, à ton avis ? En prison ?

Daphné s'était radoucie. La collaboration de sa moitié la rassérénait.
— Hummm ça m'étonnerait... Je ne vois pas qui pourrait les

considérer comme des citoyens responsables…
— En HP alors ?
— Peut-être mais un truc costaud dans ce cas.
— Les hôpitaux pour fous dangereux, ça existe, non ? Attends, je regarde.

Elle entra la requête sur son portable.
— L'UMD de Villejuif ! Y en qu'un en île de France. Je suis sûre que c'est là. J'y vais.
— Je viens avec toi.

Une demi-heure plus tard, ils se garaient devant l'enceinte glauque de l'établissement sécurisé, sur le trottoir opposé. Après avoir vérifié deux fois qu'elle avait bien verrouillé la voiture, Daphné se dirigea d'un pas déterminé vers le poste de garde. Batiste la suivait, légèrement en retrait. Des rubans rouges et blancs entouraient la guérite du gardien et un CRS barrait l'accès à l'hôpital.

— Interdiction d'entrer, Madame !, proclama-t-il, péremptoire.
— Mais je viens rendre visite ma fille.
— Les visites sont ajournées.
— Jusqu'à quand ?
— Je ne sais pas. Le secrétariat vous avertira.

Batiste avait tout de suite remarqué les traces de sang au sol.
— Qu'est-ce qui s'est passé, ici ?, interrogea-t-il.
— Je ne peux pas vous dire, Monsieur.

— Vous l'ignorez, ou vous n'avez pas le droit d'en parler ?

— Je fais mon devoir, Monsieur. Vous ne pouvez pas rester là.

Le trentenaire obtempéra et tira son épouse par le bras.

— Viens ma chérie, on s'en va.

— Quoi ? Sûrement pas !

— On s'en va !, insista-t-il durement.

Des gens étaient morts devant cet hôpital. Daphné n'avait certainement pas besoin d'en découvrir davantage. Elle allait s'exécuter, Lorsqu'elle aperçut une silhouette familière.

— Commissaire !

Le commissaire Laplace tourna machinalement la tête et la reconnut aussitôt. Il aurait dû faire comme si de rien n'était et poursuivre son chemin, mais cette femme lui faisait de la peine. Sa fille avait disparu depuis six mois, pourtant elle s'accrochait vaille que vaille et surtout, l'enfant était ici, en ce moment... Si le devoir l'enjoignait à travestir la vérité, il ne pouvait se mentir à lui-même.

— Madame Favreaux ? Qu'est-ce que vous faites-là ?

— Je suis venue voir Amandine. Elle est ici n'est-ce pas ?

L'instinct maternel stimulait des facultés incroyables, un peu magiques : la mère avait deviné.

— Venez avec moi. J'allais vous contacter de toute manière. Sydric, laisse-les passer.

Le commissaire les entraîna à l'écart, profitant des quelques pas pour mobiliser son empathie.
— Je n'ai pas de bonnes nouvelles.
— Quoi ? Qu'y a-t-il ? Où est-elle ?

Daphné perdait pied. Les fantômes de l'irréparable remontaient à la surface, tandis que l'ombre du trépas étranglait son espérance.

— Votre fille est décédée... d'une septicémie. Une blessure au pied qui s'est sévèrement infectée. Je suis désolé.

Il n'existait pas de mots pour décrire ce regard, cette douleur, ce sentiment d'injustice, cette asphyxie, qui l'habitèrent tout entière l'instant d'après.

— Amenez-moi auprès d'elle, je vous en prie !, implora-t-elle.
— C'est impossible, Madame Favreaux. Son corps est... en quarantaine, pour éviter tout risque de contamination. Ensuite le légiste devra procéder à une autopsie et alors vous pourrez la voir. Je vous préviendrai personnellement.

Bien qu'aguerri aux situations délicates, aux mères endeuillées, anéanties, le grand Mattéo aurait voulu réconforter celle-ci. Pour une fois. Mais Amandine n'était pas morte. Enfin si. Enfin pas complètement, pas encore. Ce serait chose faite cet après-midi... Mon Dieu, quelle horreur !, songea-t-il.

Batiste se baissa et aida son épouse à se relever.

— Viens ma chérie.

Elle se laissa emmener, hagarde. Dans la rue, on entendit une sirène annonçant un convoi spécial. Batiste la retint, elle se serait fait happer par l'appel d'air. Quelques secondes plus tard, un motard suivi d'une fourgonnette passa devant eux. Si Batiste s'était tenu face à elle, il aurait vu sa femme écarquiller soudain les paupières et ouvrir une bouche muette.

Par la fenêtre arrière du véhicule, on distinguait cinq petits doigts sales collés au carreau et une paire d'yeux éteints.

*

National Sheriffs' Association, Alexandria, Etats-Unis

Pat Cleveland avait essuyé une fin de non-recevoir, une balafre ardente qui suintait la rancœur. Ses homologues de la police criminelle ne s'étaient pas gênés pour lui rire au nez, lorsqu'il avait évoqué les penchants anthropophages du « voyageur ». Qu'à cela ne tienne ! Puisqu'ils n'avaient pas voulu l'écouter, il se chargerait à leur place de la chasse aux sorcières et quand le cataclysme aurait pris de l'ampleur, tous ces peigne-culs viendraient lui manger dans la main. Alors, il les briserait !

L'association à laquelle Pat appartenait depuis plus de

vingt ans, avait été à l'initiative de programmes tels que le « Neighborhood Watch », visant à établir une surveillance de voisinage musclée, mais toujours dans les limites de l'acceptable. Le « Parks rehab' » en revanche, de nature plus officieuse, aspirait à « nettoyer » les parcs de ses fréquentations calamiteuses, afin de permettre aux familles de s'y promener en toute sécurité. Pour mener à bien la besogne, certains moyens devaient être employés. Peut-être pas systématiquement. Nul besoin de réinventer l'eau chaude pour la mission à venir : ces moyens-là conviendraient parfaitement. En tant que membre du comité exécutif, Cleveland avait le pouvoir de convoquer une assemblée extraordinaire, ce qu'il n'avait pas manqué de faire, dès la sortie de son entrevue houleuse avec le laboratoire de police criminelle de la Nouvelle-Orléans. L'enquête sur les victimes du « voyageur » incombait à ceux qui avaient initié l'affaire et à ce titre, le « Sheriff Department » était tenu à l'écart. L'objectif de Pat était de persuader ses collègues du bien-fondé de ses suspicions et de solliciter la création d'escouades dédiées, pour contenir le fléau. Il allait devoir convaincre avec pour seuls alliés, son honneur et sa foi en Dieu.

Tout le monde connaissait Pat. Un bon chrétien, fort en gueule, un rien rustaud, mais droit dans ses bottes et courageux. Les hommes en costume bleu, l'étoile ostensiblement accrochée au revers de la veste, se demandaient ce qui avait bien pu l'inciter à les faire venir, alors que la réunion trimestrielle devait se dérouler le mois suivant. Ils échangeaient des pronostics, quand Cleveland tapota sur le micro pour attirer l'attention.

— Messieurs, je n'irai pas par quatre chemins : l'heure est grave ! Vous avez tous entendu parler du « carnage de Butte la Rose » ?

Des figures sérieuses opinèrent.

— Et bien j'ai appris de source sûre, que tout cela était directement lié au « voyageur ».

— Vous faites erreur Cleveland. Il a été démontré que le « voyageur » était un mythe, objecta l'un des membres.

— Oui je sais, la thèse du tueur unique ne tient pas. Je me suis mal exprimé. Ce que je veux dire c'est que les meurtriers dissimulés derrière le « voyageur » et ceux de Butte la Rose ont une caractéristique en commun, une caractéristique inusitée.

Les hommes en bleu tendirent l'oreille, intrigués. Pat hésita un instant. Il appréhendait leurs réactions.

— Ce sont des cannibales.

Une clameur contestataire se répandit dans les rangs.

— C'est absurde !, lança un shérif du fond de la salle.

— Vous nous faites perdre notre temps !, protesta un second en se levant.

— Non, attendez ! J'ai quelque chose à vous montrer.

Il quitta le pupitre et distribua une série de photocopies à ses confrères. Chacun étudia le document et le passa au suivant, discipliné.

— Et alors ?, interrogea le shérif du comté de Dallas, après avoir tourné le papier dans tous les sens.

— Ce que vous voyez-là est l'une des blessures relevées sur les corps de Butte la Rose. C'est une morsure. Mortelle. Une morsure humaine.

— OK, mais qu'est-ce qui prouve que ça vaut également pour les victimes du « voyageur », ou qui que ce soit ?

— La légiste qui a autopsié les corps de Butte la Rose me l'a affirmé. C'est une personne de confiance. Je travaille avec elle depuis des années.

— Si c'est vrai, comment se fait-il qu'aucun de nous ne soit au courant ?, poursuivit le texan.

— Les dossiers se rapportant au « voyageur » ont été classés confidentiels, justement pour cette raison. Vous avez cependant sous les yeux la preuve que des cannibales se baladent en liberté sur le territoire. Maintenant que vous croyiez ou non à un lien entre les deux, vous ne pouvez nier l'existence de ceux qui ont sévi dans mon comté.

Les expressions changèrent. Le doute commençait à les gagner.

— Et ils sortiraient d'où ?

— Je n'en ai aucune idée. La seule façon d'en apprendre davantage est d'une, de coincer ces lascars, de deux, de faire éclater la vérité. Cela déliera les langues...

On hocha des têtes, on discuta le bout de gras. Le texan se décida rapidement et donna son accord.

— OK, je marche. J'ai deux cas chez moi, à Dallas. Je vais essayer de fouiner.

Les collègues suivirent. Cleveland n'avait pas rencontré tant de résistance que cela finalement. Moins qu'il ne le craignait. Le taux d'assassinats en constante augmentation depuis des semaines, sidérait les autorités. L'espoir de s'attribuer les lauriers grâce à une piste fraîche avait dû les motiver. Les chefs de comté présents se débrouilleraient pour soutirer des informations que l'on dévoilerait au public. En parallèle, si les cas d'anthropophagie étaient avérés, on constituerait une milice.

Les hommes de loi se congratulaient pour leur initiative et la sensation de sauver la nation qu'elle procurait, quand le portable du shérif de San Bernardino retentit d'un hell-billy endiablé. A chaque OK qu'il prononçait, sa contenance se décomposait. Il raccrocha et de ses lèvres exsangues déclara :

— Hier soir, un groupe de jeunes gens s'est fait agresser dans le parc de Perris Hill. Les restes incomplets de huit corps atrocement mutilés ont été retrouvés ce matin, dont un crâne décapité et un tronc, dévoré par de multiples mâchoires humaines…

*

Palais de l'Elysée, Paris 8ème

Les européens étaient tombés d'accord : il fallait imposer l'urgence de la situation et reporter les questions de responsabilité. Les tractations diplomatiques en seraient grandement facilitées et les consciences blâmables, hautement soulagées.

Akira Kobayashi avait pris place aux côtés d'Igor Ivanov, le vice-premier ministre russe, un moindre mal comparé au désagrément qu'aurait suscité la proximité de ses adversaires historiques. Même la présence du secrétaire à la défense Nolan Harris, lui était plus tolérable que celle du chinois ou du coréen. Au moins l'américain présentait-il l'excuse du sempiternel pathos occidental. L'émissaire du conseil fédéral des Emirats Kashif Al Hadef quant à lui, ne lui inspirait rien, ni inimitié, ni mépris, pas plus que l'indien.

Les nations n'étaient pas toutes représentées. Le cercle avait été restreint aux pays les plus touchés, ou aux plus influents, ceux sans lesquels une politique commune cohérente ne verrait pas le jour. Les autres obtempéreraient... Sinon quoi ?

Les salutations de rigueur acquittées, Delolm prit la parole.

— Mesdames, messieurs, tout d'abord je tiens à vous remercier de vous être rendus disponibles pour cette réunion de crise. Je sais à quel point vos agendas sont serrés. Je mentionnais à l'instant le mot « crise », car oui, c'est bien le terme qui convient. Ces dernières années, nous avons subi des bouleversements de plus en plus difficiles à contrer. Prenons pour exemple l'épidémie de lyssavirus, responsable de centaines de milliers de décès l'année dernière, et bien nous l'avons vaincue, ensemble et à la fin de l'année, un vaccin, fruit de la coopération de nos scientifiques unifiés, verra le jour. C'est la même ligne directrice que nous devrons adopter cette année encore, si nous voulons vaincre le fléau qui s'amorce. Ce n'est que dans la plus grande cohésion, armés d'une volonté conjointe, que nous viendrons à bout de cette pandémie inimaginable.

— Dont nous ne maîtrisons pas les aspects, coupa Harris. Il ne s'agit pas d'un vulgaire virus cette fois, mais d'une molécule immature, issue de l'inconséquence collaborative des européens !

Delolm inspira profondément.

— Monsieur le secrétaire à la défense, je comprends votre courroux, croyez-moi. Plusieurs imprudences ont été commises lors de l'élaboration de ce médicament, principalement dues à la concupiscence d'un homme. C'est regrettable, inexcusable, comme vous voudrez, mais le résultat est là, imminent et nous devons agir. Il sera temps ensuite, de déclarer les coupables.

— C'est facile de botter en touche ! V...

— Monsieur le secrétaire, l'interrompit le premier ministre japonais, il y a deux jours, sept-cent-trente-huit personnes dans la seule ville de Tokyo ont été assassinées par les drageons de la molécule. Qui sait combien sont menacées en ce moment ? Nous ne devrions pas nous disperser en plaintes stériles.

— Vous omettez de préciser un détail, Kobayashi : le myeloblastgen a été vendu aux Etats-Unis par la France. Nous

sommes victimes dans cette histoire, alors que vous, vous l'avez *copié*, on ne vous a pas forcé la main !
— Les américains avaient tout loisir de rejeter l'accord de commercialisation, s'ils jugeaient son homologation lacunaire. Cela s'appelle chez vous le libre arbitre. Les américains ne sont-ils pas de fervents défenseurs de l'I.L.C. (Internal Locus of Control) ?
— Messieurs, je vous en prie ! L'ennemi n'est pas dans cette salle. Il est à nos portes.
— Au sens littéral, commenta Ivanov. Dans mon pays, on dénombre déjà plus de cent-cinquante morts, principalement à Moscou.

Les visages se tournèrent vers le vice-premier ministre. Aucun ne s'attendait à des chiffres aussi élevés. On considérait toujours la Russie comme un pays aux ressources étiques, ce qui était vrai pour une part importante de la population, mais pas pour tout le monde. Sur la Roublevka entre autres, le club très privé des oligarques dont certains expatriés étrangers, prospérait grassement et ceux-là, avaient eu accès au traitement.

— Parce que vous croyez que nous avons été épargnés ?, protesta Harris de plus belle. Hier encore, un groupe de jeunes gens a été massacré dans un parc californien ! Nous devons avoisiner les cent-cinquante victimes, nous aussi !
— Hong-Kong en compte une centaine et Mainland, plus de cinq-cents, surenchérit calmement Yong Wang, le vice-premier

ministre chinois.

Chandra Rhaman prit la parole à son tour :

— Nous n'avons relevé que quelques cas à Delhi et à Mumbai. Le phénomène est récent chez nous.

La tendance de Rhaman à la minoration contrastait avec l'escalade en cours. Difficile de déterminer si les chiffres communiqués autour de la table étaient exacts. Par contre, il paraissait évident que les gouvernements concernés avaient pour la plupart, détourné les media de ce sujet épineux.

— J'ignorais que nous étions invités à un concours de mortalité.

L'intervention du sud-coréen musela l'assemblée un court instant, assez toutefois, pour que les nouveaux arrivants pondèrent leurs élans. D'un commun accord, les européens les avaient laissé vider leur sac, après quoi chacun serait mieux disposé à débattre du parti à prendre.

— Yoon a raison, approuva Al Hadef. Nous réglerons nos comptes ultérieurement. Pour l'heure, notre devoir est d'empêcher que ces chiffres ne continuent d'augmenter.

— Quelqu'un a-t-il autre chose à ajouter ?

Delolm avait profité de l'accalmie pour reprendre les rênes. On se jaugea sommairement et on se tut.

— Bien. A présent que nous sommes sur la même longueur d'ondes, mes collègues européens et moi-même aimerions vous exposer les conclusions auxquelles nous sommes parvenus, et sur lesquelles nous aimerions recueillir vos avis. D'abord, nous devrions établir la liste des personnes ayant absorbé le médicament, dans tous les pays où c'est envisageable, puis organiser une quarantaine pour ces patients, afin de les garder sous surveillance. La communication dans son intégralité, media, réseaux sociaux, devra faire l'objet d'une attention particulière. L'opinion publique est sensible, un rien pourrait déclencher une panique, ce qu'aucun d'entre nous ne souhaite, si nous voulons éviter le chaos. En parallèle et c'est la partie la plus délicate, nous devrons capturer les « transformés » et les placer à l'isolement. Dans un deuxième temps, nous aurons à décider quoi faire de tous ces pauvres gens.

— Certains donneurs de leçons en ont déjà une idée, me semble-t-il, persifla Kobayashi.

Les dirigeants se dévisagèrent sans apparemment comprendre à quoi le japonais faisait allusion.

— Monsieur le premier ministre aurait-il des révélations à faire ?, interrogea Taylor, moins innocent qu'il n'y paraissait.

— Consultez plutôt Monsieur Yoon !

Le ministre coréen de la défense nationale se raidit, comme si les insinuations du japonais entraient en résonance avec une forme de vérité.

— Monsieur Yoon ?, insista l'anglais.

— Vous taire ne changera pas la nature de vos actes !, s'acharna

Kobayashi, acrimonieux. En revanche, vous décrédibilisez votre stratégie ! Ce que mon éminent collègue refuse d'avouer, c'est qu'il a *déjà* tenté une expérience avec les mutants.

Puis s'adressant à l'assemblée :

— Connaissez-vous Guryong Village ?

Tous baissèrent instinctivement les yeux.

— Malheureusement oui. Je m'en doutais. Ce bidonville était voué à être détruit dès sa construction, sauf que cela supposait de reloger ses habitants et de leur procurer un moyen de survie, des subsides. Un coût considérable pour l'Etat qui n'est pas allé plus loin, dans l'expectative, sans doute, d'un miracle. Jusqu'à la capture des premiers mutants. C'est là que la solution est apparue : pourquoi ne pas larguer les mutants à Guryong Village pour qu'ils fassent le « ménage » ?

L'auditoire écoutait le récit, hypocritement ébranlé, alors que l'on s'apprêtait à « neutraliser » un potentiel de quarante-cinq millions d'individus. Oui, mais ceux de Guryong étaient humains, eux !

—Ensuite, termina le japonais, il n'y aurait plus qu'à envoyer la cavalerie. Ce serait malencontreusement trop tard pour sauver les villageois, mais la menace serait écartée. D'une pierre deux coups. Un plan génial ! Du moins sur le papier… Car l'expérience a lamentablement échoué, n'est-ce pas ?

Delolm était pris au dépourvu : comment enchaîner

décemment, après que de telles horreurs avaient été exposées ? Et pourtant lui comme les autres brûlait de savoir...

— Tout ceci n'est que calomnie !, s'indigna le coréen. Les mutants se sont échappés ! Nous les avons de nouveau arrêtés depuis. Et je vous ferais remarquer que les seules victimes que nous ayons à déplorer, habitaient les quartiers résidentiels de Gaepo Dong. Personne à Guryong Village n'a été blessé !

— Qu'avez-vous à répondre monsieur Kobayashi ?

Un drôle d'éclat anima le regard perçant de l'anglais.

— Aucun des résidents de Guryong village n'a été blessé, en effet, mais uniquement parce que les mutants *n'en ont pas voulu...*

*

Elderberry Hill, quelque part en Europe

Numéro neuf observa les airs ahuris de ses partenaires avec une délectation flagrante. Il y avait en lui ce je ne sais quoi de rapacité qui l'incitait, parfois contre son gré, à jouer avec les nerfs de ses interlocuteurs. Un héritage paternel contre-nature, qui aurait alimenté les polémiques sur l'influence de l'inné et de l'acquis en psychologie. Lindström avait-il récupéré ce trait de caractère dans son bagage génétique, ou adopté par mimétisme les attitudes de son père pourtant honni ?

— Je m'explique, embraya-t-il après une pause calculée. Vous avez ici le cas d'une souris « transformée », morte durant un test de résistance au stress. Regardez bien les images. Là ! Au bout de quelques heures, -l'échelle de temps est retranscrite en bas-, on note la survenance de mouvements anarchiques, qui semblent se réguler par la suite. En première partie de ce graphe, le rythme cardiaque de 500 battements par minute est normal, puis il s'accélère pendant la séance de test et s'arrête. Après deux heures environ, on constate une reprise de l'activité à un rythme de 210 battements minute. L'activité cérébrale elle, n'a jamais cessé, comme vous pouvez le vérifier sur ce second graphique. Les mutants meurent, puis ressuscitent.

— Ce n'est pas ma spécialité, mais je gagerais que l'activité électrique stimule le système nerveux périphérique, c'est ça ?, suggéra numéro sept.

— Exactement.

— En ce cas, ils sont purement *mécanisés* ?

— Oui et assez mal. La bradycardie dont ils souffrent les empêche d'être performants. Ils sont lents, la coordination des mouvements est approximative, l'apprentissage réduit à néant et pour ce qui est des composantes organiques, bien que la décomposition soit freinée grâce à une oxygénation minimale, elle persiste néanmoins. Ils pourrissent sur pieds.

Un dégoût irrépressible saisit les estomacs des imaginatifs.

— Merci pour ces clarifications, abrégea numéro un. Des questions ?

— Oui. Combien sont-ils à présent ? Je veux dire : toutes

catégories confondues ?, sonda numéro quatre, pour changer de sujet.

— Numéro six ?

— L'estimation à terme serait de quarante-cinq millions. Les recensements démarreront cette semaine sur la base des prescriptions médicales. Nous devrions être fixés d'ici une dizaine de jours. Les premières attaques coordonnées ont eu lieu, notamment aux Etats-Unis, au Japon et en Corée, avec une étrange particularité pour cette dernière.

— Ah bon, laquelle ?

Numéro trois s'inquiétait pour le bon déroulement du protocole dans son pays. Les impromptus lui provoquaient des angoisses.

— Les « transformés » ont *choisi* leurs proies.

Tous se tournèrent éberlués vers numéro cinq.

— D'où tenez-vous cette information ?

— Chacun son métier, six, se flatta-t-il sans complexe.

— Que voulez-vous dire par « choisi » ?

La nouvelle avait éveillé l'intérêt de numéro neuf, dont la fascination pour les mutants ne cessait de croître.

— Les mutants coréens ont été débarqués à Guryong Village par les autorités et pourtant ils n'ont attaqué aucun villageois. Ils ont préféré aller se restaurer de l'autre côté de la six voies, du côté des *bons* citoyens...

— Le ministre de la défense nationale Yoon Ho-jin a certifié qu'il

n'avait rien à voir avec l'invasion des mutants à Guryong, objecta six.
— Il a menti. Comme nous tous.

Malgré ses efforts pour prendre du recul, numéro un parvenait mal à dissimuler son antipathie. La personnalité du russe, son aplomb et sa perspicacité, l'énervaient autant qu'ils attisaient sa jalousie.

— Qu'est-ce qui vous rend si sûr de vous ?, s'enquit-il.
— Ceci : le billet d'excuse pour mon retard de ce matin.

La riposte à la rebuffade de tantôt était limpide. Content de lui, cinq entra une suite de chiffres sur sa tablette et téléchargea une vidéo amateur sur l'écran commun. Un automobiliste filmait un carambolage bloquant une autoroute à six voies et un groupe de personnes âgées à la physionomie immanquable, qui finissait de traverser, indemne. Des panneaux écrits en double alphabet, coréen et romain, ne laissaient pas de doute quant à la localité : Séoul.

— Cela ne prouve pas qu'ils venaient *précisément* de Guryong, persista numéro un, même s'il savait parfaitement à quoi s'en tenir.
— Non, mais la déclaration de Kim Cheung, le pasteur du village, si. La police est venue enquêter sur les lieux, juste après les événements. Pourquoi se seraient-ils donné cette peine, si les

mutants n'y avaient jamais mis les pieds ?

— Indeed... Toutefois, aucun de ces éléments ne corrobore une quelconque implication du gouvernement. Yoon a exigé qu'une enquête soit ouverte pour identifier l'auteur de ce « regrettable incident ». Il s'agirait, d'après les rapports officiels, d'une initiative personnelle, celle d'un fonctionnaire de police, un certain Choi.

— Vraiment ? Et vous avez acheté cette version sans sourciller ?

— Le monde entier paye en ce moment les frais d'une initiative personnelle : celle d'Etienne Langeais. Pourquoi la Corée n'aurait-elle pas droit elle aussi, au bénéfice du doute ?

La boutade, formulée avec un franc sourire, déclencha un rire général et l'atmosphère se détendit aussitôt. Numéro un avait remporté la manche.

— Revenons-en à nos moutons, poursuivit-il presque guilleret. Aurait-on une idée de la méthode qu'appliquent les mutants pour sélectionner leurs proies ?

Numéro un s'adressait à Lindström, le responsable des aspects physiologiques du protocole.

— Non, et cela m'intrigue fortement. On pourrait alléguer un cas isolé, mais il y a eu un précédent : ce gosse qui s'est fait attraper avec la communauté de Boulogne. Lui non plus ne s'est pas fait dévorer et pourtant il n'était pas transformé.

— Il y en a eu un *deuxième*..., s'immisça numéro six. Au Japon. Un hôpital psychiatrique où seul le personnel a été attaqué, pas les patients. Cette information a du reste été bien vite éludée pendant le conseil de crise convoqué par Delolm

— Beaucoup trop rapidement à mon goût d'ailleurs, confirma numéro un. Trois cas similaires, cela ne plus être une coïncidence. Nous devons comprendre le fondement de ces comportements, ou nous risquons de perdre l'avantage.

— Je peux faire intervenir Alpha1, si c'est opportun ?

Les neufs se consultèrent du regard, et numéro un hocha la tête. Lindström composa un numéro spécial, celui d'un portable dédié aux échanges avec son Alpha.

— Bonjour Karl.

— Ah, bonjour docteur ! Je ne vous demande pas comment vous allez ?

— Démarche superflue, en effet, confirma-t-il amusé. L'humour décalé du chercheur lui avait tout de suite plu.

En deux phrases, neuf récapitula les composantes de l'énigme.

— Alors, qu'en pensez-vous ? Pourquoi, à votre avis, les mutants ont-ils épargné ces gens ?

— C'est très simple : parce qu'ils ne les considèrent pas comme de la nourriture.

— Soyez plus précis.

— Prenez le blastophaga, ce petit insecte qui ne pollinise que le figuier et bien c'est pareil : les mutants ne mangent qu'un seul type d'humains. Je ne sais pas si vous avez remarqué mais ils ne mangent pas d'animaux non plus.

— Oui, en effet. Et qu'est-ce qui, selon vous, leur permet de distinguer les bons des mauvais humains, si je puis m'exprimer ainsi ?

— C'est toute la question de l'humanité !

— Très drôle ! Mais encore ?

— Je ne sais pas au juste.

— Il doit pourtant exister un moyen de mettre en évidence des critères sous-jacents, des invariants ?

— Il y en a plusieurs : la manière empirique d'une, sauf que cela suppose d'attendre que suffisamment de cas se soient produits pour pouvoir modéliser des correspondances. On peut aussi mettre en place des expériences en labo, mais cela impliquerait de découper en morceaux un sample significatif de péquins en tout genre, avant d'identifier lesquels les font saliver... S'il ne les leur faut pas exclusivement sur pieds ! Bref c'est compliqué, histoire d'éthique, tout ça tout ça. Autrement, nous pouvons émettre des hypothèses et tenter de les vérifier.

— Vous en avez ?

— Possible. A votre avis, quel est le point commun qui relie ces trois cas ?

— Le garçon sortait d'HP. Il a été traité au myélisox, comme les autres enfants transformés qui étaient avec lui, si ce n'est qu'il s'est révélé résistant à la molécule. Peut-être les patients japonais étaient-ils traités aussi et en ce cas, les mutants n'attaqueraient pas leurs « congénères », résistants ou non ?

— Admettons, mais cela ne résout pas l'énigme de Guryong. Il n'y a que des miséreux là-bas. Ils n'ont pas pu se payer le traitement. Non, selon moi, les humains « impropres à la consommation » sont soit invalides, soit fous, soit vieux. Les mutants ne se nourrissent que de gens bien portants, de « normaux » quoi ! Dans la jungle, seuls les charognards mangent du gibier avarié.

— Pas mal ! A méditer. Merci pour votre contribution Karl.

— A vot'dispo. La bonne journée !

Tout le long de la discussion, les membres de la corporation étaient restés silencieux : Godivaud ignorait leur existence. Il était entré en contact avec Lindström, du moins se le figurait-il, parce qu'il était un fervent admirateur de ses projections apocalyptiques. En réalité, ses inclinations et requêtes récurrentes soigneusement piégées par la toile, avaient conditionné sa sensibilisation fortuite aux travaux de numéro neuf. Depuis, les deux hommes entretenaient une relation scientifique secrète et terriblement excitante pour le jeune excentrique. Karl ne s'était jamais demandé comment son mentor accédait à toutes ces informations. Les maîtres à penser de sa trempe naviguaient forcément dans les hautes sphères...

— Et si l'on creuse un peu plus dans cette voie, enchaîna neuf après avoir raccroché, l'on constate qu'en visant uniquement les sujets sains, les mutants menacent directement la pérennité de l'espèce humaine.

— Absolument ! A croire que Dame Nature en profite pour cibler la force vive de son encombrant parasite. En bref, résuma numéro un, nous savons que les transformés sont dotés d'une forme d'intelligence particulière, qui génère leur mode de communication et oriente leurs choix, qu'ils sont capables d'apprentissage et que chaque nouvelle notion est automatiquement assimilée par délégation, ce, grâce au fameux « quatrième cerveau » créé par la molécule. Nous avons également appris qu'ils ne meurent pas à proprement parler. Ils « s'interrompent » partiellement, puis se « réactivent », mais au ralenti, si bien qu'une dégradation des tissus mous s'opère, alors qu'ils continuent de « fonctionner ».

— En gros c'est ça, confirma Lindström.

— Ce qui est incroyable c'est que même ces derniers imprévus ne changent pas la donne. Non seulement les mutants morts-vivants contribuent à accélérer le processus, mais en plus, leurs copains ne déciment que les populations valides, si ce n'est pas une bonne nouvelle ça ?

Les membres de la corporation perçurent l'ironie très personnelle, qui suintait des propos de numéro quatre.

— Et bien il ne reste plus qu'à diffuser largement l'information. Deux, cinq : à vous de jouer !

*

France télévision, Paris 15ème

A dix-neuf heures cinquante-six, le président de la République française Séraphin Delolm recevait les derniers coups de pinceau pour peaufiner son teint et ajustait son oreillette. Ce soir, en préambule du journal de vingt heures, il prononcerait son allocution en direct, avec pour objectif de calmer, si ce n'est rassurer les foules et mettre en avant les moyens colossaux mobilisés par l'Etat, pour venir à bout du fléau.

La veille, la double catastrophe tant redoutée s'était produite. Au même instant, dans soixante-dix-sept pays, des hordes de mutants par centaines, tous âges confondus, étaient simultanément sortis de leurs tanières. Comme à Tokyo, ils avaient assailli les passants, investi les lieux publics et forcé les portes des habitations privées. On déplorait cent-vingt-trois-mille-soixante-dix-neuf décès, en un seul jour. Quelques heures plus tard, les réseaux sociaux débordaient de témoignages et vidéos toutes plus innommables les unes que les autres, tandis que les media relayaient en boucle les hurlements, les bains de sang et les vagues de panique.

La régie lui fit signe d'avancer et Delolm se positionna devant le micro. Le décompte s'égrena dans son oreille. Dans huit, sept, six secondes, il aurait la parole. Top.

— Mesdames et messieurs. Notre pays, comme soixante-seize autres, a été frappé dans la journée d'hier par l'horreur. Les auteurs des meurtres sont des personnes malades, victimes d'une mutation cérébrale, engendrée par un traitement qui leur a été administré. Je le répète, ces gens sont des victimes. Ils représentent un danger mais un certain nombre de mesures, dont je m'apprête à vous faire part, permettra de maîtriser rapidement la situation. Le médicament responsable des mutations s'appelle en France « myélisox10 ». La prise de cette molécule n'implique pas forcément que l'on déclare des symptômes. Un test de dépistage a été mis au point, afin de détecter en amont les personnes susceptibles d'être affectées, ce qui nous donnera la possibilité de les soigner. A cet effet, j'invite toutes celles et ceux à qui l'on aurait prescrit du myélisox10, à prendre contact immédiatement avec nos équipes de médecins, dont le numéro s'affiche en bas de vos écrans. Toutes les ressources médicales disponibles, ainsi que les réservistes, ont été mobilisés pour venir en aide aux malades, avérés ou non. Par précaution, les patients sains devront subir une quarantaine de quatorze jours, dans un établissement spécialisé. Les malades seront eux conduits dans des unités dédiées, en cours d'équipement en ce moment même.

Le président s'accorda une pause et but une gorgée de la bouteille devant lui, un geste symbolique, censé laver les mensonges qu'il venait d'extirper de ses cordes vocales. Le test était un miroir aux alouettes, un attrape-mouche sucré, conçu pour attirer les futurs mutants dans des baraquements, où on les parquerait jusqu'à ce qu'ils se transforment. Il n'existait à l'heure actuelle aucun moyen de les soigner. Cela aussi était un leurre, inventé pour renforcer l'attractivité de la chausse-trappe. Des centaines de chercheurs planchaient sur la question, avec une chance de réussite proche du néant. Qu'allait-on faire de tous ces gens ?, s'interrogea-t-il en imaginant les camps de détention, pleins à craquer de mutants hirsutes au regard pétrifiant...

— Mes chers concitoyens, se reprit-il. L'épreuve que nous traversons aujourd'hui est probablement la pire que nous français, ayons eue à traverser depuis la seconde guerre mondiale, il y a un siècle. C'est ensemble que nous saurons y faire face, ensemble que nous parviendrons à la vaincre, ensemble que nous en ressortirons grandis, et fiers. Les forces et les vertus d'un peuple, se révèlent dans l'adversité, grâce à l'altruisme, la charité, le partage, la ténacité. Afin de garantir votre sécurité, mes chers concitoyens, en plus des puissances armées déployées en patrouilles dans les rues jour et nuit, je vais devoir vous mettre à contribution. Aucune province, aucune contrée verdoyante ne sera plus sure demain, que votre domicile gardé par nos soldats. Je vous demande donc de restreindre vos déplacements au strict minimum. Je compte sur votre diligence civique, je compte sur *vous*.

Le journal télévisé s'était ensuite appesanti sur les biographies des victimes, des anonymes noyés dans la masse, qui parce qu'ils étaient morts, devenaient quelqu'un. Un sentimentalisme nécrophage, destiné à éblouir les foules pour mieux les commotionner après, tout en respectant les consignes du gouvernement : aucune image des événements survenus en France n'avait été montrée. Par contre, un planisphère constellé de gros points rouges clignotants, signalait les emplacements des agressions dans le monde et en haut de l'écran, défilait constamment le décompte des pertes. On montrait aussi les routes en croix, les bouchons inouïs, les véhicules désertés, les accidents, bref les tentatives de fuites avortées de la moitié des populations. Et on mentionnait ces affrontements dans les supermarchés, autour des derniers paquets de pâtes, on insistait sur les pénuries de nourriture, d'essence, de médicaments, d'eau... On instillait dans les cerveaux, les ingrédients de la panique moutonnière, on transformait les citoyens en fervents zombies...

Chaque jour, le harcèlement reprenait. Les réseaux sociaux régurgitaient leurs #alertezombies, #balancetonmutant, #prayforourdead et autres #armageddon, pendant que de juteuses théories du complot déversaient leur paranoïa à qui mieux mieux. Les chaînes d'information diffusaient en continu les bilans par pays, le nombre croissant de défunts et de nations atteintes, la dégringolade vertigineuse des patients encore en bonne santé, au profit du nombre d'infectés... Le lendemain du discours du président, les français sages et obéissants, s'étaient rués sur les supermarchés, les pharmacies et les pompes à essence. Quarante-huit personnes supplémentaires étaient décédées, piétinées ou occises, en protégeant leur butin, si bien que le confinement total avait été décrété. L'armée était intervenue pour désengorger les infrastructures et « raccompagner » les contrevenants chez eux. Le président avait exprimé sa tristesse, sa déception face au manque de civisme des français. Il avait interdit tous les déplacements, voté le couvre-feu et rouvert le service d'acheminement des denrées essentielles, mis au point lors de l'épidémie de lyssavirus. Le dispositif ORSEC avait été déclenché, n'en déplaise aux aficionados de la langue de bois.

*

Base militaire de Linas-Montlhéry

Le terrain d'entraînement de l'armée de terre avait été métamorphosé en quelques jours. Des bungalows préfabriqués, équipés de dortoirs et de sanitaires, raccordés à la hâte au réseau d'eau potable, avaient poussé en rangs d'oignons, quinze par rangée, avec une capacité d'accueil de huit personnes par unité. Mille deux-cent places en tout, pour la région parisienne sud. De simples tentes n'auraient pas fait l'affaire. A n'importe quel moment, les « myélisox », ainsi les avait-on surnommés, pouvaient se transformer. Il fallait donc tenir les baraquements fermés. A double tour.

Les premiers patients étaient venus de leur plein gré, suite à l'annonce du président. Ils avaient été reçus le mieux possible, étant donné les circonstances. On leur avait expliqué que le verrouillage des unités était la garantie de leur sauvegarde. Cultiver l'inquiétude en serinant que la menace provenait du dehors, était un excellent moyen de les cloîtrer avec leur consentement. On les avait invités à remettre à l'accueil leurs effets personnels, montre, téléphone portable et objets connectés divers, uniquement pour éviter les vols, évidemment. Les visites des proches étaient proscrites, par sécurité. Personne ne voulait déplorer d'incident fâcheux, n'est-ce pas ? Les myélisox étaient des gens malléables, âgés, des malades, dont le handicap les avait désocialisés, des mineurs… Le but véritable de cette soi-disant prévoyance ? Mais interrompre la communication avec l'extérieur, voyons ! Ce qui se passait dans le camp, devait rester dans le camp.

Les premiers jours, on leur avait fait passer des scanners, afin d'évaluer le stade de modification de leur SNC. Cela avait permis d'isoler d'emblée une trentaine de cas qui présentaient des symptômes, mais très vite, on avait été débordé et on avait renoncé. De toute façon, tous ou presque muteraient. Il suffirait de renforcer la vigilance.

Les jours suivants, des bus entiers de vieillards issus d'EPHAD, ou de rescapés de HP, avaient assailli le camp, déboussolés, abandonnés, terrifiés. Le pire avait été les enfants. Lorsque les locaux avaient été saturés, on avait commencé à les entasser à deux par lit. La nuit, les surveillants tentaient de faire abstraction des cris, des pleurs et des râles que les serrures n'avaient pas le pouvoir de faire taire.

— C'est à toi de relancer.

— Hein ?, s'étonna le soldat Meurice. Ah oui, pardon.

— T'es pas au jeu, toi !

— J'ai du mal à me concentrer. T'entends pas ce cri strident, là ?

— Si. C'est un des petits du numéro huit. Il est là depuis trois jours et ça l'a pris hier. Tu ne le remarques que maintenant ?

— Mmm. Ce n'est pas plus mal...

— On n'y peut rien, tu sais...

— Je sais, mais ça fait mal au cœur...

— M'en parle pas... C'est comme les petits papys et mamies de la douze. Ils sont tout polis, tout gentils, quand je les emmène à la promenade et ils me font de ces yeux quand je les renferme dans leur cage à poules, je te dis pas !

— Au fait, ceux qui ne sont pas autonomes, comment ils font, pour la toilette et tout ?

— Bah ils font pas, je suppose... Ou alors les autres les aident. Heureusement, y en a pas beaucoup, c'est au moins l'avantage du myélisox.

— Quelle horreur cette quarantaine ! Je ne crois pas que j'arriverai à m'y faire... Y en a pour combien de temps déjà ?

— Un mois. Au moins.

— Putain, encore trois semaines...

Quentin Meurice fit glisser les cartes entre ses doigts et posa un valet de pique. Un grand sourire éclaira le visage de son collègue qui se délesta de ses deux as.

— Capot, mon pote ! Dans le cul Lulu ! Bah qu'est-ce que t'as ?

— Chut, écoute !

— Quoi ?

— T'entends pas ?

Le caporal Nédélec tendit l'oreille. Le gosse du numéro huit ne gémissait plus. A la place un grattement, comme celui de griffes sur le métal, se distinguait dans le lointain.

— Allez hop, au boulot !

Corentin Nédélec se leva mollement et vérifia sa lampe de poche.

— Tu viens, oui ?

— Ouais, ouais j'arrive ! Y a pas le feu !

Le caporal fit signe aux deux soldats qui patrouillaient une rangée derrière, de les accompagner.

— Ça ne vient pas du huit, dit-il.

— D'où alors ?

— De celui d'en face.

Ils s'approchèrent à pas feutrés quand le bruit cessa.

— Qu'est-ce que c'est que ce bordel ?, rouspéta Nédélec en tapant le code de la baraque vingt-six sur le pavé numérique.

— Qu'est-ce tu fous ?

— Bah je vais voir ! Sur vos gardes, les gars, au cas où...

Nédélec balaya l'intérieur avec sa lampe. Deux des occupants dormaient à poings fermés. Les autres lits étaient défaits, mais vides.

— Nom de Dieu !

— Qu'est-ce qui se passe ?

— Y en a six qui se sont barrés !, chuchota-t-il.

— C'est pas possible, la porte était verrouillée !

— Bah viens voir !

Le courage en bandoulière, Quentin rejoignit le caporal et constata que six des lits étaient vides, effectivement.

— T'as vérifié les sanitaires ?

— Putain les sanitaires !

Au moment où il appuyait sur la poignée, la porte s'ouvrit violemment et s'écrasa sur son visage. Deux des myélisox en planque se jetèrent sur lui, tandis que les faux endormis sautaient sur Meurice. Les quatre derniers surgirent de la salle d'eau à leur tour, et s'abattirent sur les surveillants à l'entrée, qui n'eurent pas le temps de tirer. Le baraquement vingt-six avait été attribué aux jeunes névropathes de Brétigny-sur-Orge. Remplis de haine, la hargne dégorgeant l'injustice de leur vécu insupportable, ils s'acharnèrent sur les militaires jusqu'à ce que ces derniers perdent connaissance et s'emparèrent de leurs armes. Silencieusement, ils se dirigèrent vers le second poste de garde. Devant la porte, un soldat fumait une cigarette.

— Prêts ?, murmura Noé.

Arthur secoua la tête, nerveux.

— Je ne sais pas comment ça marche, ce truc !

— C'est facile, regarde. Tu armes ici, tu vises et tu tires.

— Donne, je vais le faire.

— T'es sure ?

— Tu ne m'en crois pas capable ?

Célia avait l'air tellement dur, une dureté à double détente...

— Si. Arthur, file-lui le gun.

Sa première tentative de suicide remontait à ses treize ans. Elève brillant mais renfermé et chétif, Noé avait été le souffre-douleur de ses camarades depuis l'école primaire. Les opinions de ses parents ne l'avaient guère aidé à s'intégrer. Anticonformistes jusqu'au bout des ongles, ils refusaient de se plier aux dictats sociaux, convaincus qu'une inoculation précoce de leur fils, le préserverait de la moutonnerie. A ce titre, Noé n'avait jamais effleuré un joystick ni publié de selfie « je kiffe ma life » sur les réseaux sociaux. Il n'avait pas su non plus ce que l'on postait à son sujet. Pas tout de suite. La veille de son treizième anniversaire, une jolie camarade de classe, les cheveux brûlés au fer à lisser, la CC crème camouflant habilement son acné et le gloss pailleté, s'était adressée à lui pendant la récréation, minaudant et jouant avec ses mèches bicolores. Elle lui avait proposé un tête à tête d'anniversaire dans un endroit secret, à l'abri des regards : une bâtisse en ruine derrière la gare de Marolles. Noé avait toujours eu un faible pour Keira et toute la classe le savait. Anxieux, mal à l'aise, étourdi de giclées hormonales, il avait rassemblé son courage et s'était rendu pantelant au rendez-vous. Keira était splendide. Elle avait revêtu pour l'occasion sa plus belle robe et son sourire avivait son teint plastifié. Le temps qu'il réalise ce qu'il lui arrivait et le piège se refermait impitoyablement. Il avait été attaché, exposé, nu, misérable, les côtes saillant comme les imperfections de l'âge ingrat, écartelé entre attributs enfantins et velléités d'adultes : le pied large et la verge immature. Filmée, ignominieuse, la scène avait alimenté les « story » des quatre auteurs de sa disgrâce et des centaines de vautours, voyeurs et malveillants, s'en étaient abreuvés jusqu'à l'ivresse. Jamais il n'aurait pu revenir au collège. Seule la mort le sauverait…

De malchance en maladresse filiale, il avait été ranimé deux fois, puis interné un an plus tard, pour dépression sévère. Les histoires sordides, les déficiences adaptatives, avaient été le ciment qui avait uni Noé, Arthur, Célia et les autres. Entre les murs de leur prison protectrice, stimulés par la cure de myélisox10, ils avaient découvert l'apaisement, choyé en leur sein le monstre repu de cicatrices, d'iniquité, la créature de Frankenstein sans peur et sans reproche qui les vengerait. Aujourd'hui.

— C'est bon les gars ?

Elias et Yanis, munis des revolvers de Nédélec et Meurice opinèrent. Les quatre autres semblaient tout aussi déterminés. Furtifs et souples, ils avancèrent courbés vers la cible quand Noé lança le signal. Synchrones, ils visèrent en refrénant leurs tremblements et leurs cœurs emballés. La cure de myélisox leur avait fait don de l'esprit d'équipe et du goût de l'offensive, pas celui du contrôle de soi. Le soldat tomba à terre. A l'intérieur, les deux autres lâchèrent leurs smartphones, ahuris. Une seconde d'égarement, ils dégainèrent, mais trop tard : deux des tirs firent mouche et ils s'effondrèrent au sol. Dehors, les soldats en patrouille affolés par les détonations, s'étaient précipités au secours de leurs frères d'armes, mais une fois sur place, haletants, ils avaient découvert impuissants des corps inertes, encore chauds. A peine avaient-ils repris leur souffle, que les myélisox du vingt-six bondissaient hors de leurs cachettes, et les criblaient de balles.

— Bon. Faut retourner achever les premiers et trouver les codes. Elias, Yanis, Célia avec moi ! Les autres, fouillez partout ! Magnez-vous, on n'a pas la nuit. Les renforts vont rappliquer.
— Et comment ils auraient été avertis ?
— J'en sais rien, mais faut pas moisir ici !

Les quatre meurtriers rebroussèrent chemin et tirèrent à bout portant sur les hommes évanouis. Aucune pitié.
— Je commence à me faire la main moi !, plaisanta Yanis, comme s'il s'agissait d'une partie de Laser Quest.

Pendant ce temps-là le poste de garde était passé au crible : les dossiers sur le bureau, les tiroirs, l'ordinateur.
— Là, j'ai !, s'exclama Quelle. Naaan l'arnaque ! Y a qu'un code par rangée ! Ils auraient pu faire l'effort de les retenir, au lieu de créer un fichier pour dix codes !
— Tu les notes et on y va, ordonna Arthur, qui avait pris les commandes en l'absence de Noé.
— Et nos affaires ?
— On verra après.

Ils rejoignirent leurs camarades en courant.

— C'est bon on les a !

— Nous, on en a buté trois. Y en a un qui s'est fait la malle. Je vous l'avais dit qu'il ne fallait pas traîner ! Chacun une rangée. Célia tu fais le P. On se check aux trois dernières.

Un par un ils déverrouillèrent les bungalows et réveillèrent leurs occupants.

— Allez hop on se lève et on s'casse ! Vous êtes libres, c'est maintenant ou jamais !

Arthur avait entré le code du baraquement huit. Seize enfants entre sept et douze ans étaient parqués là-dedans. Le petit du fond, celui qui pleurait tout à l'heure, se redressa et ne bougea pas.

— Viens gamin, je t'emmène avec moi !

Arthur s'approcha et face à lui, deux prunelles fixes, absentes, semblaient lui passer au travers.

*

Politique intérieure

C'est comme cela que le scandale avait éclaté. Le deuxième scandale. Après celui de la molécule mise sur le marché dans des circonstances douteuses, l'esclandre des centres de quarantaine avait explosé. Les pensionnaires du « vingt-six », ainsi s'étaient-ils auto-proclamés, avaient récupéré leurs portables avant de s'évaporer dans la nature. Ils avaient filmé les séquences poignantes des libérations, les conditions de détention et les vieux désorientés, errant sans but dans la confusion. Plus de quatre cents prisonniers s'étaient échappés avec eux, dont cinq transformés qui s'étaient repus des soldats exécutés, mais n'avaient agressé aucun myélisox. Plusieurs centaines de condamnés cependant, trop âgés et profondément perturbés par les bouleversements consécutifs de leur quotidien, avaient préféré rester. En plus de quoi, l'on avait dû se résoudre à sacrifier les trois dernières rangées, quand l'alerte avait sonné.

Les prises de vue avaient été publiées sur internet avec la dénomination « camps de la honte » et immédiatement, des milliers de tartuffes avaient retransmis les vidéos, avec force apitoiements virtuels, au chaud, derrière leurs smartphones greffés en appendices cérébraux. Les mêmes qui juste avant, se répandaient en #apocalypse et #zombiehorror.

Bien entendu la télé s'y était mise aussi : *« A présent ces images horrifiantes, filmées par des malades traités au myélisox10, qui montrent les conditions inhumaines de leur isolement sanitaire, dans des baraquements de tôle, bondés et fermés à clef, une atteinte à la liberté, à la dignité et aux droits de l'homme. »*

Simultanément, le comptage quotidien des transformés et de leurs victimes ponctuait les jérémiades du commentateur, inhibant les esprits grâce à l'association préméditée de notions antinomiques : camps de la honte, injustice, mutants, danger, décès.

Le gouvernement avait envoyé Elodie Bécasse se faire lapider à sa place, ainsi le grand public stigmatiserait la porte-parole et détournerait les yeux des responsables. Le répit ne serait que temporaire. Il fallait reprendre la main. Et pour ce faire, quoi de mieux que de raviver la terreur ?

Le « vingt-six » et ses myélisox devaient errer dans les bois à l'heure qu'il est, à la recherche de nourriture et d'un toit sûr. Ils imaginaient certainement que leurs vidéos infléchiraient les mentalités et que les bons républicains qui s'étaient exprimés sur leurs mésaventures, leurs viendraient en aide. Seulement partout ou presque, effrayé par le nombre et la rumeur, on leur claquait la porte au nez. Une bonne vieille dame isolée avait bien prélevé du pain et un paquet de riz sur sa ration, mais comment nourrir quatre-cents personnes ?

Arthur avait changé. Ses amis savaient qu'il était en train de se transformer et que bientôt ce serait leur tour, leur tour à tous.

— Y a qu'à en voler de la bouffe, suggéra Célia entre deux gargouillis. Qu'est-ce qu'on risque ?
— Qu'est-ce qu'on a à perdre, surtout ?

Noé se frottait le ventre, comme chaque fois qu'il était angoissé. La vie n'était qu'une bataille perpétuelle. A quoi bon ? Qu'y avait-il encore à espérer ? Un moment de répit, à partager entre inadéquats, et après ?

— On va braquer un supermarché et nous barricader dedans. Comme ça on aura à manger. Y aura des bonbons pour les gosses et de l'alcool pour les grands.
— OK, mais faudrait pas qu'on nous trouve...
— Parce que tu crois qu'ils ignorent où on est ? Y a que nous dans les rues. Tout le monde est confiné et tu penses sérieusement qu'ils ne nous ont pas vus ?
— Pourquoi ils ne nous arrêtent pas alors ?
— Je ne sais pas. Ils ont sûrement une bonne raison...

Une bonne raison oui : une horde de mutants en puissance arpentant villes et campagnes, ça retenait les gens chez eux et ça fermait les clapets. Et si l'on se demandait pourquoi l'armée n'intervenait pas, « élémentaire, mon cher Watson ! » : les valeureux soldats étaient déjà débordés par les centaines de mutants, qui germaient tous les jours sur le compteur des infos.

*

Politique internationale

On avait beaucoup critiqué les Etats-Unis et la Chine, parce qu'ils avaient choisi de dissocier les mutants des humains. Autant clamer ouvertement que leur cas était désespéré, que l'on renonçait à les sauver. Les deux puissances mondiales avaient rétorqué qu'il ne s'agissait ni de renier le pouvoir de la science, ni celui du divin, simplement de parer à l'urgence. Le compteur rouge dénombrait trois-cent-quarante-huit mille mutants aux Etats-Unis et deux-cent-vingt-deux mille victimes. La Chine en comptait presque quatre-cent-mille et autant de morts. Les captures en masse n'avaient pas permis de contenir le fléau, dont les rangs enflaient chaque jour, seulement de le déporter ailleurs, dans des bâtiments réquisitionnés pour les stocker comme des poulets en batterie, en attendant de décider quoi en faire. A la première insurrection survenue à Beijing, qui avait coûté la vie à quarante-trois hommes, on avait tiré à vue. Et comme si l'on guettait le feu vert, le premier dont l'initiative les disculperait tous, on en avait profité pour suivre le mouvement dans les cent-vingt-six pays touchés.

Le rapport de Beauchamp et de son équipe était sans équivoque : les mutations engendrées par le myélisox10 étaient irréversibles. Travailler sur un traitement visant à résorber le surplus de myéline et stopper la croissance anarchique des neurones, ne rimait à rien : les patients traités de la sorte, perdraient tout ou partie de leurs facultés intellectuelles, car il serait impossible de ne supprimer que les neurones délétères. Le cerveau entier en subirait une atrophie pernicieuse. Nonobstant, l'éthique interdisait de les achever. Il avait fallu compter sur l'état d'urgence et l'exemple des chinois, pour s'y mettre aussi. Le deuxième volet du dossier confidentiel compilé par le neuropsychiatre, comportait des recommandations précises, quant à la manière de « neutraliser » les transformés et leurs avatars morts-vivants. L'efficacité du courant électrique n'était pas probante. Une balle dans le crâne ou un violent coup de massue par contre, remédiait au problème.

Les armées avaient été instruites, sur la base de ces constations confirmées par les études d'une vingtaine de nations, et on avait lâché les chiens.

Alors le chaos s'était installé. Pour de bon. Les mutants traqués, dont l'ingéniosité et l'instinct grégaire s'accroissaient avec l'expérience des tueries, combattaient, à proprement parler. Leur quatrième cerveau leur permettait de se localiser : quand un tombait, un second le remplaçait. Les groupes ainsi préservés, investissaient les territoires indéfendables, enclavés, biscornus et les vidaient de leurs habitants, abêtis par la peur. Les humains réagissaient comme des fourmis effarées. Ils s'enfuyaient sans logique, n'importe où, n'importe comment. La stratégie du chacun pour soi allait se payer du prix de l'hégémonie. Le voisin, le frère d'hier, *l'autre*, n'était pas un allié, mais celui qui piquerait *ma* place sur les routes et carotterait *mon* pain. L'autre était un ennemi, au même titre que les transformés. Si l'humanité s'était exclusivement battue contre ses mutants, la victoire lui aurait échue à coup sûr, mais l'homme se battait contre tous, contre son ami, contre lui-même...

*

2 DISSOLUTION

[Le pouvoir] « était par terre, aux mains du peuple lâché, de la foule violente et surexcitée, des attroupements qui le ramassaient comme une arme abandonnée dans la rue. En fait, il n'y avait plus de gouvernement ; l'édifice artificiel de la société humaine s'effondrait tout entier ; on rentrait dans l'état de nature. Ce n'était pas une révolution, mais une *dissolution.* »

« Par la dissolution de la société et par l'isolement des individus, chaque homme est retombé dans sa faiblesse originelle, et tout pouvoir appartient aux rassemblements temporaires qui, dans la poussière humaine, se soulèvent comme des tourbillons. »

« La raison n'est point un don inné, primitif et persistant, mais une acquisition tardive et un composé fragile. »

Hippolyte Taine

« *Les Origines de la France contemporaine – La Révolution : I - L'Anarchie* »

1878

*

La bande du « vingt-six » ne portait plus de nom. Ils avaient désappris cette marque d'individuation stérile. Plus rien d'eux ne ressemblait à ces êtres d'avant qui même ensemble, ne représentaient qu'une somme d'individualités égocentrées. Ils étaient un. Un tout cohérent, coordonné, partagé entre les bannis. Le tout portait une voix, une seule et un raisonnement commun, reliant chaque cervelle en une mécanique unique. La voix vivait en chacun et chacun nourrissait sa clairvoyance. Elle donnait les directives et le compas. Elle émettait des signaux depuis toutes ses têtes et rassemblait ses particules. Chaque jour, la voix apprenait et distillait son savoir à ses éléments.

Dernièrement, elle avait remarqué qu'une nouvelle race de normaux était apparue, plus vindicative et plus dangereuse, quoique facile à identifier : ils étaient verts et tachetés. Leurs outils tuaient à distance. Redoutables. A une faille près. Les bannis qui les avaient vus en premier, de l'autre côté de la planète, avaient constaté que certains endroits modifiaient leurs comportements. Des endroits où l'odeur des normaux était altérée. Cette nuit il faudrait repérer des endroits comme ceux-là, y attirer les verts et leur prendre leurs outils. Ensuite, ils ne pourraient plus rien.

Quand le ciel s'éteindra et que la voix s'élèvera, il sera l'heure. Nous sommes prêts. Nous voyons à travers la nuit comme en plein jour. Les normaux sont aveugles et n'avancent pas ensemble. Lorsqu'ils ont peur, ils se séparent. Leur faire peur et les séparer. En premier, trouver l'endroit et l'odeur où les verts n'attaquent pas. L'odeur des normaux qu'on répare avec des produits. C'est ici, dit la voix. Oui, l'odeur est là, je la reconnais. Attendre. Entrer et avancer ensemble. Dix meneurs pour un groupe. Un groupe pour chaque surface. Attendre.

Le signal. Avancer. Une porte. Elle s'ouvre. Les normaux nous voient. Ils ont peur. Ils se séparent et courent dans tous les sens. Ne pas retenir les bruits, les cris, les chocs. Avancer. Se tourner ensemble vers la cible, avancer. Se disposer en cercle. Les enfermer à l'intérieur. Avancer, jusqu'à ce qu'ils soient à portée. Sauter et mordre. Sauter et mordre. Calmer la faim. Ils ne bougent plus. Avancer et poursuivre.

Le sifflement. Les normaux ont appelé les verts. Cacher les normaux éteints. Puis se cacher à la première surface et attendre. Ils arrivent.

Après les premières échauffourées, des systèmes de sécurité avaient été installés dans les bâtiments publics non équipés, notamment les hôpitaux. Pour une raison étrange, les mutants chargeaient préférentiellement les établissements de soins depuis peu. Cela avait commencé en Chine. L'armée n'avait pu intervenir massivement, de peur de blesser le personnel soignant, si précieux en ces temps de guerre et accessoirement les malades. Comme par enchantement, depuis ce jour-là, les hôpitaux de tous les pays infestés, étaient devenus l'objectif numéro un des transformés.

Le caporal Diallo donna un grand coup de sifflet et réunit son escouade dans les cinq minutes réglementaires.

— L'alerte provient de l'hôpital d'Evry, les gars. Ce n'est pas le plus fun mais on va quand même faire son taf et bien ! Je veux de la motive, de la précision et de l'efficacité, compris ?
— Oui, caporal !
— Nabelli ! Le rappel des consignes.
— Oui, caporal ! On avance à couvert, on sécurise les chambres une par une et on ne tire que si c'est nécessaire. Sinon on privilégie le corps à corps.
— Parfait. C'est parti !

Des moteurs. Ils ont là.

A cet instant la porte vitrée s'ouvrit et une quinzaine de militaires armés déboula en crabe, fusil en avant, la lampe frontale balayant l'espace en un geste continu. Le rez-de-chaussée était plongé dans l'obscurité. Pour des questions d'économie d'énergie, les lumières, en dehors des veilleuses de secours, étaient automatiquement coupées la nuit. Le hall paraissait vide.

— Aux escaliers !, ordonna le caporal

Aussitôt les combattants se ruèrent sur les portes coupe-feu qui conduisaient aux étages et poussèrent les battants. Rien à faire. Quelque chose bloquait.

— Impossible chef, c'est coincé !
— Nabelli, Guapo, trouez-moi ça à la hache ! Les autres, aux

ascenseurs avec moi !

Le silence qui régnait dans l'hôpital était angoissant. Pas même un gémissement ou le bruissement d'un chariot d'infirmier. Le soldat avait appuyé sur les trois boutons à la fois. Cela irait plus vite et de toute façon, le peloton ne tenait pas dans un seul espace. Un tintement retentit. L'ascenseur du milieu se cala bruyamment dans son logement et les vantaux coulissèrent lentement, libérant un bras encore élastique, puis un monceau de corps entassés, qui se répandit comme une coulée de lave.

— Nom de Dieu, quelle horreur !

Les hommes firent un pas en arrière, la main sur la bouche, l'estomac révulsé. Aucun d'eux n'avait expérimenté le combat réel. Seulement des simulations. Et ce n'était pas pareil... Pendant qu'ils reprenaient leurs esprits, l'ascenseur de gauche, puis celui de droite s'ouvrirent. De l'intérieur, autant de mutants qu'il était possible d'en loger, munis de massues et d'objets tranchants s'élancèrent sur leurs proies.

— A couvert !

Les militaires reculèrent instinctivement, butant sur les corps, quand l'un d'eux hurla : une main le tirait par la cheville dans une étreinte d'acier. D'un coup, doués d'une dextérité imprévisible, les morts se relevèrent et se jetèrent sur l'escouade acculée entre les deux divisions ennemies. Sans pitié ni hargne, parce qu'ils ne connaissaient plus d'émotion, les mutants abattirent leurs masses et leurs lames sur les soldats, qui ripostaient au mieux. Nabelli et Guapo avaient fait volte-face et s'apprêtaient à viser ; tirer au hasard aurait mis leurs compatriotes en danger ; quand soudain, la porte qui conduisait aux escaliers s'ouvrit à son tour, précipitant à terre les deux soldats immédiatement massacrés. Atterrés, débordés, braves malgré tout, les hommes défendirent chèrement leur peau contre des mutants intrépides, qui déferlaient de toutes parts.

Sept minutes. Il avait suffi de sept minutes pour anéantir quinze guerriers. Le calme était revenu. Des bruits de mâchement, de succion se faisaient entendre : les bannis terminaient leur repas. Noé recracha la chaîne qu'il avait arrachée en mordant le caporal Diallo à la gorge. Son goût métallique lui rappelait celui du sang, la suavité en moins. Indifférent, il ramassa l'arme du défunt, appuya sur la gâchette et lui ficha une balle dans le cœur, un savoir-faire hérité de sa vie d'avant. Il n'avait pas oublié, alors les autres sauraient aussi...

Prendre les outils. Un pour chacun, dit la voix. Aller en chercher encore. Avancer et poursuivre.

Les mutants sortirent en file indienne et guidés par la voix, se dirigèrent vers la maternité, à trois kilomètres au nord.

*

Bywater, Nouvelle Orléans, Etats-Unis

Le crépuscule tintait le fleuve de nuances plombées. Des vaguelettes mercureuses dénonçaient la pollution funeste, qui se déversait chaque semaine des raffineries de Baton Rouge. Enfant, Beaumont et ses cousins se baignaient dans les eaux écarlates. L'un d'eux était décédé à huit ans des complications d'une pneumonie, que personne n'avait imputé au fleuve et pourtant... La « rivière tueuse », ainsi la dénommaient-on, ravissait chaque année davantage d'enfants. Beaumont avait été épargné, ou presque. Il avait néanmoins conservé de ses immersions réitérées, des lésions cutanées dormantes, qui le faisaient souffrir par intermittence. L'argile soulageait les brûlures. C'est ainsi qu'il avait eu l'idée, un jour qu'il enduisait ses plaies de kaolin, de s'en couvrir tout le corps. La couleur grisâtre que prenait sa peau parfaisait son personnage de prêtre vaudou, lui conférant des airs de mort-vivant au regard pénétrant, d'un noir absolu. La médecine occidentale aurait attribué au mercure son hypersensibilité auditive, ses hallucinations et les manifestations extraordinaires de ses transes, mais sa communauté y avait vu un signe des Dieux. Beaumont était le plus puissant de leurs représentants sur Terre. On racontait qu'il lisait dans les âmes.

A la suite du « carnage de Butte la Rose », le bokor s'était réfugié dans un entrepôt désaffecté de Bywater. Les fidèles y avaient improvisé une chambre confortable, le pourvoyant largement en eau potable et « manger lwa ». Il savait que le shérif du comté profiterait de l'occasion pour le traquer. Un contentieux héréditaire, celui qui dressait autrefois les créoles blancs contre les descendants d'esclaves, opposait les deux hommes, surtout sur le plan religieux. Les pratiques animistes, diabolisées depuis la colonisation chrétienne, entretenaient une peur autant qu'un attrait irrationnel, chez ceux qui ne les comprenaient pas.

Après le succès de leur campagne de communication avertissant les citoyens du « péril myeloblastgen», les membres de l'association de shérifs avaient décidé de tendre des pièges, aux mutants de leurs districts respectifs. Un jour commun avait été déterminé. On ignorait comment, mais on avait la preuve qu'ils communiquaient à distance. Si les guets-apens avaient été organisés sur plusieurs jours, les groupes assiégés auraient prévenu leurs congénères.

Pat Cleveland et ses sbires, se tenaient en embuscade sur les rives du Mississippi. Un indic corrompu, accro au « Fairy Bliss », avait confessé en lorgnant la dose que Pat tripotait entre ses doigts, que le bokor viendrait se recueillir à la pleine lune, sur les berges de Bywater. La présence des mutants à Butte la Rose avait été attestée par les morsures humaines relevées sur les corps. Les monogrammes tracés dans le sable, indiquaient qu'un rituel vaudou avait été mené sur les lieux du massacre. Or, aucune des victimes n'appartenait aux pratiquants. Cleveland en avait conclu qu'une alliance improbable existait entre les deux communautés et il entendait bien se débarrasser de la double nuisance en une fois. Si sa thèse s'avérait exacte, attaquer Beaumont ferait sortir les loups de leur tanière…

Quatre heures à poireauter là. Les troupes commençaient à s'impatienter. Gervais leur avait peut-être refilé un tuyau percé, chuchotait-on dans les rangs en perte de vigilance. La grogne montait. Pat était un tyran rigide et arbitraire, il le prouvait encore cette fois : Beaumont ne viendrait pas. Il y a belle lurette qu'ils auraient dû rentrer au bercail ! Et juste à ce moment-là, une silhouette dégingandée, pieds nus et chapeau de paille, se dessina en haut de la butte. Le shérif ajusta ses jumelles et déclara victorieux :

— C'est lui ! Pas de bavure les gars, on s'approche et on observe. Vous attendez mon signal.
— Chef, comment se fait-il qu'il ne soit pas en tenue ? Enfin, vous voyez ce que je veux dire, pour la messe quoi...

Teddy était un trouillard et il parlait trop.
— Il n'est pas censé en donner une, grommela son supérieur.

Beaumont ôta son chapeau et le retourna. De l'intérieur, il extirpa une bougie et une poignée de noix de cola blanches et rouges emmaillotées dans un chiffon.

— Qu'est-ce qu'il fait alors ?
— Aucune idée, mais s'il s'agissait d'une messe, il aurait convoqué ses ouailles.

Le bokor alluma la bougie, la tint en équilibre sur son

front basculé en arrière et ouvrit les paumes vers le ciel. La droite contenait les noix blanches, la gauche les rouges.

— O mèt Kalfou, o vini wè mwen. Kalfou mdéja Kalfou...
— C'est une incantation ! Il invoque les démons !, s'affola Teddy en gesticulant.

Les histoires et les mythes attachés au vaudou en avaient bâti la réputation maléfique, en particulier auprès des bons chrétiens. Même les sceptiques se méfiaient. En plus de quoi, le shérif avait soigneusement endoctriné ses hommes, afin de servir ses buts obscurs. Cleveland surprit les œillades apeurées et réagit instantanément. Il fallait stopper la contagion avant que la panique ne s'approprie ses troupes.

— Calmez-vous les gars ! Tout cela n'est que démonstration de foire et compagnie. Un vulgaire cracheur de feu !

A peine avait-il exprimé son mépris des pouvoirs du hougan, que des dizaines de mutants, provenant d'on sait où, apparurent sur les berges et encerclèrent le bokor. Imperturbable, Beaumont psalmodiait de plus belle, extrayant de ses tripes toute la puissance de sa foi. Lentement, il baissa les bras, retira la bougie de son front et s'approcha des mutants. D'un geste appuyé et doux à la fois, il apposa la main sur le front du plus proche, en murmurant une prière et plaça une noix blanche à ses pieds. Puis il répéta le cérémonial jusqu'à épuisement des fruits.

Sûr de lui, il se fraya un passage entre les âmes invoquées et remonta en direction de Marigny, suivi par la masse envoûtée.

— On y va ! Il faut les empêcher d'atteindre les quartiers résidentiels !

Cleveland et sa brigade ramassèrent leurs équipements et s'apprêtèrent à faire demi-tour, pour leur couper l'herbe sous le pied, quand devant eux, alors qu'ils ne les avaient pas entendus arriver, une seconde horde se dressait menaçante, une lueur insondable dans leurs yeux inertes.

— Tirez dans le tas ! Pas de quartier !

Malgré les tirs nourris, le bataillon dépassé par le nombre, se laissa bientôt encercler.

— Ça déboule de partout, chef, on est coincé comme des rats !

— Repliez-vous, bande de mauviettes !

Jouant des poings et de la crosse de son fusil, à portée trop longue pour le corps à corps, Cleveland parvint à dégager une percée. Quelques secondes de répit, avant que les éclaireurs de la horde, souples et rapides, ne les rattrapent. Cleveland se battit comme un diable, apercevant du coin de l'œil ses mercenaires tomber un à un, les morsures et les coups féroces, les artères sectionnées, les jets de sang cramoisi. Une infime seconde, il relâcha sa vigilance, ébranlé par la férocité de la scène et n'eut guère le temps que de craindre le faciès atroce, les dents sanguinolentes qui lui arrachèrent la gorge.

Au même moment, derrière la butte, les mutants conduits par Beaumont, assaillaient tranquillement les demeures prestigieuses, des créoles blancs de Faubourg Marigny.

*

Battleground – Player versus Player ≈ Champ de bataille – Joueur contre Joueur

Ils n'avaient pas besoin d'en vouloir à qui que ce soit, de se battre contre quiconque. A l'origine, ils avaient seulement faim. Ils n'avaient pas choisi leur régime *délibérément.* Cela s'était tout bonnement trouvé comme ça. La larve du papillon Diane ne se nourrit que d'aristoloche. Les bannis eux, ne mangeaient que des « normaux ». Les personnes trop âgées étaient écartées, comme des vieux fruits blets, les malades aussi. A la place, certains de ceux-là étaient adoptés, un peu comme des lapins rachitiques, que l'on dorloterait au lieu de les cuire dans le bouillon.

Bien sûr, les proies s'étaient défendues, on s'y serait attendu, et puis tout était devenu très compliqué. Plutôt que de confier à mère nature le soin de s'équilibrer toute seule, l'anthropocentrisme avait immédiatement haï la race émergeante. Tout ce qui défiait la suprématie d'homo sapiens devait être éradiqué, s'il ne pouvait être assujetti, à la manière d'hérétiques fustigés par les hautes sphères transcendantales. En conséquence, les transformés avaient ourdi un plan, à la hauteur du rejet. Il n'était plus question d'attaquer les gens chez eux, mais de cibler des endroits à forte concentration de « normaux », qui de plus, présentaient un enjeu stratégique. Les hôpitaux avaient été les premiers bastions du genre, puis étaient venues les maternités. La voix disait qu'il fallait arracher le mal à la racine. C'était les règles que l'homme avait fixées, et si l'on devait vaincre, puisqu'il exigeait un vainqueur, il fallait l'imiter, user de ses stratagèmes sulfureux.

Plus personne ne sortait de chez soi. Nulle part. Plus personne n'avait envie de braver l'interdit. Seules les forces de l'ordre et les réservistes sillonnaient les rues, à la poursuite de l'indésirable ou pour déposer des vivres, à l'entrée des barricades qui protégeaient les quartiers. Les campagnes étaient les plus mal loties, car l'on ne pouvait déployer assez de ressources pour les approvisionner. Des patrouilles en hélicoptère aidaient à localiser les hordes, mais pour la nourriture, le système D régnait en maître. D comme déposséder, dépouiller, dérober, démolir... On s'apitoyait le matin sur les familles endeuillées et l'après-midi, on en tabassait d'autres, pour leur voler leurs rations. De la poésie contestataire, sans doute... Chaque pays dotait son happening d'attributs plus ou moins crus, de contrastes signifiants : une touche de rouge dans le désert gris germanique, ou des débauches de sang cramoisi, sur le sable orangé des plaines afghanes. Il y en avait pour tous les goûts.

A une heure du matin sur le méridien de Greenwich et aux heures équivalentes sur le pourtour de la planète, onze million six-cent-douze-mille mutants, disséminés aux postes clefs définis par la voix, guettaient les mouvements des hommes kaki. Un bon tiers détenait des armes, empruntées aux militaires tombés au combat, les autres des piques, des battes, des couteaux, ramassés au fil de leurs pérégrinations.

Repérer les humains verts et les compter, commandait la voix. *Envoyer les éclaireurs. Les surprendre par derrière. Sauter et mordre. Tirer, cogner. Faire un cercle plus grand autour des verts avec les rabatteurs. Avancer. Refermer le cercle. Sauter et mordre. Avancer. Sauter et mordre.*

*

La section du sergent Williams gardait l'enceinte du camp de réfugiés de Duluth. En politicien pragmatique, le gouverneur du Wisconsin avait fait aménager dans la cour d'une ancienne usine, ceinte de quatre murs solides, des tentes et des sanitaires de fortune, pour abriter ses électeurs. Il avait jugé plus simple d'assurer leur protection, en les regroupant dans un enclos. Une technique éprouvée avec le bétail. L'état était vaste, beaucoup trop pour les moyens à sa disposition. Certains citoyens s'étaient accrochés à leur patrimoine. Ils avaient refusé de quitter leurs terres. A leurs risques et périls.

En faction depuis douze heures, les soldats montraient des signes de lassitude.

— Conrad !, appela Richardson. Il te reste des clopes ?

— Ouaip. Par ici le bureau de tabac !

— J'ai du café dans un thermos, si tu veux, dit-il en rejoignant son collègue.

Les deux plantons s'accordèrent une pause. Richardson tira une bouffée et allongea le cou pour jeter un œil sur le poste qu'il venait d'abandonner.

— Tranquille, mon pote ! A cette heure-ci on est peinard. Ils ne sortent que la nuit.

— Ouais, t'as raison, acquiesça le 2ème classe Richardson en s'adossant à la clôture.

*

La longue file d'attente mijotait, disciplinée, sous l'épaisse couche de nuages repus d'embruns. A l'intérieur des préfabriqués, les patients soxmyeligen espéraient la visite de leurs familles. Toute personne ayant consommé la molécule, avait reçu l'ordre de se rendre au centre de quarantaine de Taipei. A Taiwan, on ne transigeait pas avec l'autorité. Les transformés étaient évacués au fur et à mesure, vers des établissements spécialisés. On ignorait où exactement. On les emmenait là-bas pour les soigner. Cela prendrait du temps, car aucun remède n'avait encore fait ses preuves.

Hui était anxieuse de retrouver ses parents. Son père avait été traité pour une sclérose en plaque et sa mère pour la dépression aggravée qu'elle avait contractée, suite à la maladie de son mari. Elle ne savait pas s'ils étaient toujours là, ou s'ils avaient été « transférés ». Le certificat officiel n'était remis aux proches que plusieurs semaines après le transfert, si bien que la plupart apprenaient la triste nouvelle sur place. Des policiers en tenue régulaient les flux. De 9h00 à 18h00, ils autorisaient l'entrée à des lots de vingt personnes, pour un quart d'heure d'entrevue. Sept-cent vingt visiteurs par jour. La file en comprenait le triple. Hui aperçut une femme en pleurs. Elle avait dormi sur site pour être sûre de voir son fils, et on venait de lui annoncer qu'il avait été transféré la veille.

Les forces armées étaient concentrées à l'entrée du centre. A l'intérieur, une dizaine d'hommes suffisait à épauler les soignants en charge des malades et des « transférables ». Au nord, seul un grillage séparait les bâtiments de l'extérieur.

*

La voix avait dit à la communauté qu'ils devaient en rejoindre une autre. Ils n'étaient pas assez nombreux pour se battre. D'ordinaire, quelle que soit la nature de leur quête, une poignée d'éclaireurs partait en reconnaissance et revenait chercher de l'aide si besoin. Aujourd'hui tous s'agitaient, prêts à s'en aller. Irvine avait compris que quelque chose de différent se tramait. Il était en train de rassembler les chats, quand Auguste s'approcha de lui.

— J'en ai pas pour longtemps. Il ne manque plus que Jean-Paul et on vous suit.

Auguste posa la main sur l'avant-bras du garçon et appuya comme pour le faire asseoir.

— Qu'est-ce qu'il y a ? Tu veux que je m'asseye, mais pourquoi ?

Une voix dans sa tête, celle de Gaël, lui répondit que oui.

— Mais vous allez où ? Et pourquoi je ne peux pas venir avec vous ?

La voix dit simplement qu'ils reviendraient.

— Bon. Alors je vous attends ici.

Irvine s'assit par terre dans la cabane de thé et attrapa Eliott. De leur côté, les « vingt-six » et leur horde, quittèrent le supermarché et se mirent en marche.

*

La nuit étoilée inondait Dubaï d'une sérénité factice. Le conseil fédéral avait relocalisé les habitants dans les hôtels du centre et dressé des barrières tout autour. Des hommes en armes avaient été déployés pour surveiller les myeloblastgen consignés à demeure, aux abords de la mégapole. Tout contrevenant, transformé ou non, était abattu sans sommation. La frontière entre les deux mondes était gardée, elle aussi. Des militaires à l'affût derrière des sacs de sable, épiaient jour et nuit le moindre mouvement. Pour parfaire le tout, des rouleaux de fil de fer barbelé avaient été dévidés sur une dizaine de mètres, en fonction de l'espace disponible. On se sentait protégé.

*

Au camp de Duluth, le positionnement de chaque sentinelle avait été méticuleusement paramétré, pour optimiser la couverture du terrain avec le minimum d'effectif. Le dispositif était ingénieux, mais il comportait une faiblesse majeure : l'absence d'un seul soldat créait un angle mort.

Un à un, les éclaireurs cachés dans le bois attenant, s'aventurèrent furtifs dans le couloir que la désertion temporaire de Richardson avait dévoilé.

— Bon, bah j'y retourne, maugréa ce dernier en écrasant son mégot.

— Allez va, plus que deux heures et c'est la relève.

— Ouais. Pis demain on recommence…Tu parles d'une vie, toi !

Tirant sur la visière de sa casquette en guise de salut, il fit demi-tour et s'en alla en sifflotant. Conrad reprenait l'air entre ses dents, quand brutalement, la mélodie s'arrêta.

— Jamie ?

Pas de réaction.

— Oh, Jamie, réponds bordel !

Silence. Intrigué, Conrad se leva en râlant.

— Tu me soûle avec tes blagues à la con ! Je te préviens, si je me pointe pour des prunes, tu vas me le payer !

D'un pas appuyé il s'apprêtait à tourner l'angle, lorsqu'il aperçut une meute hirsute, grimpée les uns sur les autres, qui franchissait le mur et à ses pieds, le corps de Richardson écorché vif.

— Nom de Dieu ! Alerte ! Ale…

Il n'eut pas le temps de finir sa phrase que deux éclaireurs lui sautaient dessus, l'égorgeant avec un couteau de chasse. Dans sa poche, un voyant rouge clignotait : l'alarme radio qu'il avait activée, juste avant de mourir.

*

Le plein jour était un bon moment pour attaquer. Les « normaux » s'étaient tellement habitués aux assauts de nuit, qu'ils perdaient en vigilance le jour, cédant à la routine. Le policier affecté à la face nord du cantonnement de Taipei, s'était éclipsé pour avaler vite-fait le plat que son épouse lui avait cuisiné. Dix minutes au plus. Il n'avait même pas pris la peine de le réchauffer. Peut-être avait-il un peu discutaillé en passant avec une infirmière. Allez, quinze minutes, au grand, grand maximum. Lorsqu'il avait fait le tour du bâtiment pour regagner l'arrière, il avait découvert éberlué, les dizaines de mutants qui s'engouffraient dans une brèche, taillée dans le grillage avec une célérité incroyable. L'homme avait émis un son, un cri avorté dans un repli de son larynx broyé à la batte. Suffoquant, il s'accrochait au filet d'air qui le maintenait en vie, tandis que les assaillants forçaient les portes de service, à coups de hache.

*

Les « vingt-six » et leur troupe avaient atteint les bois qui entouraient la base militaire de Montlhéry. La voix les avaient guidés jusque-là parce qu'à l'intérieur des baraquements, des centaines de mutants étaient enfermés. La transmutation adaptait les données mémorisées, elle ne les effaçait pas. Noé et Arthur savaient comment entrer. Le terrain militaire s'étalait sur plusieurs hectares délimités par des grilles solides, faciles à escalader pour les plus jeunes. Ensuite il faudrait tuer les gardes.

Attendre les autres. Ils arrivent. Ils ont les outils.

Quatre-cents et quelques mutants obéissaient à la voix. Ils se tenaient debout, immobiles. Leurs fusils et pistolets étaient à sec. Pour neutraliser les gardiens, il fallait des munitions. Un léger craquement attira leur attention. Toutes les têtes pivotèrent d'un coup, en une chorégraphie parfaitement coordonnée et étrange. D'autres bannis approchaient. Il n'en restait plus qu'une vingtaine, mais leurs armes étaient chargées.

*

Humainement imprenable. La configuration des lieux aurait découragé n'importe quelle compagnie. L'unique voie, selon les spécialistes, était aérienne. Sauf que rien ne freinait les mutants : ni la douleur, ni l'amour-propre, ni le destin, des notions étrangères à leur ressenti. L'un des rabatteurs s'avança et s'allongea à plat ventre sur la bobine de barbelé. En l'aplatissant de la sorte, il permettait à la horde de passer indemne. Les rabatteurs n'étaient pas rapides, mais leur utilité était flagrante, dans les situations de ce genre. A l'emplacement désigné par la voix, les soldats n'avaient pu dérouler que sept mètres de fil, à peu de choses près, si bien qu'à lui seul, il couvrait un quart de la distance. Un second rabatteur, puis deux autres l'imitèrent et bientôt, en file indienne, aussi discrètement que possible, la horde à quatre pattes sur leurs congénères, pénétrait inaperçue dans le centre sécurisé de Dubaï. A chaque passage, la chair des sacrifiés se déchirait un peu plus, maculant le bitume de chancres sanguinolents. Le supplice aurait été insoutenable en l'absence du quatrième cerveau, mais l'extraordinaire appendice inhibait la souffrance autant que la fierté. L'homme se serait rengorgé de cet acte héroïque, l'ego en pavois. Le mutant lui, se contentait d'utilitarisme.

A quelques mètres, des canons de fusils saillaient des sacs de sable. Une torpeur sournoise s'était emparée des rangs. Ça clignait de l'œil, ça bâillait, ça se laissait aller à un micro-roupillon. Il faut avouer que depuis des jours, le calme plat régnait en maître, alors la diligence en pâtissait, surtout qu'il était strictement prohibé de discuter avec les copains. Tout à coup, l'un des soldats crut distinguer du mouvement. Il plissa le front, quand surgis des enfers, des dizaines de mutants effroyables se dressèrent devant lui. Il tira au hasard, ameutant le bataillon entier qui riposta aussitôt. Les balles fusaient de toutes parts. Impossible de viser : la déferlante constamment renouvelée, fondait inexorablement sur eux.

*

A l'abri derrière les murs robustes de l'usine désaffectée, les réfugiés vaquaient tant bien que mal à leurs occupations. Il n'y avait pas grand-chose à faire : un peu de lessive, pas vraiment de cuisine, on s'ennuyait principalement, quand subitement, une espèce d'agitation s'empara du camp. Les gradés hurlaient des ordres incompréhensibles. Des gens couraient, des coups de feu retentissaient, une femme s'effondra à terre, sous les yeux de son voisin ahuri. La confusion, la stupeur, l'effarement. Et là, à dix mètres, une nuée d'individus terrifiants, le regard pétrifié, pénétrant de noirceur, se ruait sur eux, l'arme au poing.

—Mayday, mayday ! Ici le sergent Williams, les mutants ont envahi le camp de Duluth. Nous avons besoin de renforts de toute urgence. Je répète : de toute urgence !

La radio grésilla et une voix crachota :

— On vous envoie les hélicos !

— Combien de temps ?

— Un quart d'heure.

Le sergent essuya la sueur qui perlait de ses tempes avec sa manche et s'accorda une minute. Un quart d'heure. Comment allaient-ils tenir un quart d'heure ?

Du côté de l'enceinte ouest, une seconde horde profitait de la déroute pour entamer l'ascension des fortifications.

*

Les mutants avaient eu raison du personnel soignant et des policiers qui les secondaient, à l'intérieur du centre de quarantaine taiwanais. Dehors, on se demandait pourquoi le groupe précédent ne reparaissait pas. Le temps imparti était largement dépassé. Au milieu de la file d'attente, Hui se décida à interpeller le gardien qui gérait les entrées et les sorties, une attitude à la française impudente, mal vue. Le représentant de l'ordre mécontent s'approcha d'elle, la matraque blanc immaculé en évidence.

— Quel est votre problème, madame ?
— Excusez-moi, vraiment je suis désolée, mais il me semble que les derniers visiteurs aurait dû revenir. Cela fait presqu'une demi-heure qu'ils sont dedans.
— Mmmm. C'est qu'il doit y avoir une bonne raison. Que cela ne se reproduise pas !

Plein de son pouvoir officiel, il fit demi-tour, vaniteux. C'est alors que les vantaux de l'entrée commune s'ouvrirent. Un homme reconnut son épouse et quitta la queue, puis ce fut le tour d'une mère : les soxmyeligen avaient été libérés. Les policiers beuglaient à s'en rompre les côtes, mais rien à faire : les familles s'agglutinaient devant les portes, guettant leurs proches. Hui crut apercevoir son père. Elle joua des coudes pour se frayer un chemin, lorsqu'elle réalisa que ceux qui arrivaient à présent, avaient muté.

*

A la base de Linas-Montlhéry, les effectifs avaient été renforcés. Cinquante soldats en tout : un pour trois bungalows. Il n'était plus question de surveiller des myélisox presque inoffensifs, mais des baraques pleines à craquer de mutants prêts à mordre. Normalement, on avait prévu large, puisqu'à la sauce publique, la probabilité d'une mutinerie générale était négligeable. Ce que l'on n'avait pas anticipé en revanche, c'était les quatre-cent-trente transformés venus de *l'extérieur*.

Tapis dans l'ombre, les éclaireurs armés rampèrent à portée de leur cible. « *Se relever et tirer* », commanda la voix. Simultanément ils s'exécutèrent. La moitié des patrouilleurs succomba en une salve. Mus par la peur brutale, les survivants s'enfuirent sans discernement et échouèrent dans les bras des rabatteurs, répartis en cercle autour des baraquements. A cet instant, Noé et sa bande investissaient les postes de garde et en massacraient les occupants. Quelle transmit mentalement les codes dont elle se souvenait à tous, et ceux qui se situaient à proximité, déverrouillèrent mécaniquement les cent-cinquante portes. Deux mille mutants s'extirpèrent de leurs prisons, terriblement impassibles. Manger. Certains étaient morts de faim. Morts-vivants. Ils avaient été affamés, volontairement ou pas, car même si l'on avait eu pitié, on n'aurait pas *pu* les nourrir. Il aurait fallu occire des humains pour cela… Les plus chanceux se ruèrent sur les corps inanimés des soldats. A coup de crocs avides, de griffes empressées, ils dépecèrent les braves tombés au combat. En quelques minutes, ce qui ressemblait jadis à des hommes, était devenu une bouillie infâme de chair sanglante et d'os. On n'entendait plus dans la nuit que le bruit des mâchoires besogneuses et le giclement des sucs.

*

Du sang partout. Poisseux, luisant sous les rayons de lune. Un blessé à demi-conscient avala les gouttes qui lui coulaient dans la bouche. Ce goût métallique, cette viscosité…Pourtant quand c'était du bœuf, il aimait ça… Puis il réalisa que ce sang n'était peut-être pas le sien mais celui d'un camarade, ou pire, celui d'un mutant. Répugné, il versa sur le côté et cracha, toussa, régurgita ce qu'il put de ce fluide impur, contaminé, ignoble. Bien réveillé, il se releva péniblement et contempla le spectacle : les cadavres enchevêtrés en une confrérie absurde, les membres déchiquetés, les plaies béantes, l'odeur de pisse, de déjections alvines irrépressibles… Une paix menteuse avait envahi le champ d'honneur. Du lointain, on percevait en premier les tirs, puis les hurlements, les hurlements des citadins, le râle de Dubaï prise au piège.

*

Voici ce qui devait rester le quart d'heure le plus long de sa vie, celui qui aurait dû engendrer l'expression consacrée : « passer un mauvais quart d'heure », mais alors très mauvais. S'éreintant comme un beau diable sur son sifflet, le sergent Williams était parvenu à rassembler une partie des réfugiés dans les bâtiments de brique. Dehors, des dizaines d'hommes, de femmes, d'enfants s'étaient retrouvés coincés entre les deux hordes. Un petit garçon agrippé aux jupes de sa mère écharpée, hoquetait, choqué, incapable de réagir. Autour de lui, la danse macabre se répétait inlassablement : les mutants entouraient les fugitifs, leur sautaient dessus et les dévoraient vivants. Williams avait enjoint son peloton de se lancer à la rescousse des malheureux, qui sans leur intervention n'avaient aucune chance de s'en sortir. Jackson, la mitrailleuse en mains, avançait en arrosant le décor, sans trop de discernement. La sueur s'écoulait sous ses lunettes et lui brouillait la vue. Au bout de son arme, les mutants tournèrent brusquement la tête et braquèrent leurs yeux terrifiants sur lui. Glacé de terreur, le doigt crispé sur la gâchette, il tirait au hasard, tandis que l'ennemi le plaquait au sol, avec une dextérité époustouflante. De la douleur ou de l'horreur de se voir éviscérer, lacérer, nul ne saura ce qui l'emporta, lorsqu'il rendit son dernier soupir, à l'instant où un transformé lui enfonça le thorax, pour en retirer le cœur encore battant. Deux, trois, douze Jackson se succédèrent. Williams s'apprêtait à leur emboîter le pas, quand un souffle d'espoir souleva la poussière : les pales d'un hélicoptère.

*

Hui ne chercha pas à s'enfuir. Elle avait tout perdu. Sa fille et maintenant ses parents. A quoi bon ? Lentement, elle s'approcha de sa mère et tendit les bras pour la serrer une dernière fois, dans une étreinte fatale. A l'écart des tueries, le gardien interpelé plus tôt avait contacté ses supérieurs, sur le canal réservé de son talkie. L'armée avait été dûment préparée à cette désastreuse éventualité et les consignes étaient très claires : courir le risque de laisser circuler des centaines de mutants dans Taipei, était proscrit. Trois minutes plus tard, un hélicoptère militaire se dessinait dans le ciel d'acier. Les familles en fuite s'arrêtèrent pour regarder, un réflexe humain. Un sifflement strident déchira l'air. Et la bombe explosa.

La quantité exacte d'explosif avait été calculée pour détruire une zone d'un hectare maximum, avec une tolérance de plus ou moins un pour cent. Le personnel du centre, les transformés et leurs proches, gisaient inertes, ensevelis sous les décombres. Les quartiers alentour avaient à peine tremblé.

*

Finalement la manœuvre s'était avérée moins stupide qu'en apparence. La chèvre et le loup. La base de Montlhéry avait servi d'appât. Un joli coup de filet : deux-mille cinq-cents mutants en une seule prise, minorés des quelques spécimens réclamés par la recherche militaire. Les véhicules tout terrain étaient embusqués à deux-cents mètres de là, camouflés sous des branchages pour qu'on ne les détecte pas. Le commandant Charcot avait déclenché le signal au moment où la horde, acquittée de sa mission, se relâchait. Pendant le frugal repas des affamés. En deux coups de cuillère à pot, les mitrailleuses avaient été déchargées des camions et en avant Guingamp !

— Butez-moi ces saloperies !
— Et…les soldats, mon commandant ?
— On leur fera des funérailles nationales, pour saluer leur bravoure. Ils sont déjà morts de toute manière.

En fait, cette radieuse mise-en-scène avait été préméditée : le décès des soldats était *le* prétexte qui justifiait que l'on tire dans le tas. Personne n'avait besoin de savoir que les mitrailleuses n'étaient pas là par un heureux hasard, ni qui était véritablement la chèvre, dans l'histoire…

Seuls les transformés les plus agiles en avaient réchappé : ceux précisément qui intéressaient la science. La nature est bien faite.

— Une affaire rondement menée !, se félicita Charcot. Autant de tergiversations pour en arriver à ce que je préconise depuis des semaines… Filez-moi carte blanche et voilà le travail ! Une poignée de gars un peu solides, du bon matos et le tour est joué ! C'est malheureux pour les collègues, mais il n'y a pas d'omelette sans casser d'œufs.

*

Deux hélicoptères. Il en aurait fallu quatre au moins, pour les sauver tous. Williams rentra sous la tente et alluma la radio.

— Qu'est-ce que vous voulez que je foute avec deux hélicos ? Il m'en faut le double !
— Je suis désolé mais c'est tout ce qu'il y a de disponible. On est complètement débordé ici !

Le sergent raccrocha, anéanti. Il allait devoir choisir qui survivrait, or Dieu seul avait le pouvoir de vie ou de mort sur les âmes chrétiennes. Solennel, il balaya le charnier des yeux. Au milieu de ce cauchemar dantesque, les pleurs du petit garçon atteignirent ses oreilles. Un signe de Dieu. Williams se précipita dans la mêlée, possédé, irrationnel. Galvanisé par la mission divine, il traversa le champ de bataille, arracha le gamin des serres d'un transformé et rebroussa chemin sain et sauf, le petit dans les bras, tel le héros biblique.

L'enfant à l'abri dans l'hélico, le sergent se dirigea vers l'ancien entrepôt et fit sortir les quarante premières personnes. Il ne pouvait rien pour les autres et Dieu avait donné son accord.

*

Les mutants auraient pu l'emporter, si ce n'est qu'ils constituaient une population finie, au nombre prédéterminé. A un moment, il n'y eut plus de nouveaux transformés. Tous ceux qui devaient l'être, l'étaient. Péniblement, ils compensèrent quelque temps avec les non-morts, ceux qui persistaient tant qu'ils conservaient leur boîte crânienne, par erreur ou maladresse, mais l'amoindrissement de leurs facultés ne faisait pas le poids. Bientôt, les chiffres décrurent, et plus les rangs se dépeuplaient, plus l'espérance regonflait les poitrines. On appelait cela la providence, on regardait poindre la victoire, tandis que le pic de « l'épidémie » était dépassé. Enfin.

La supériorité de l'homme avait toujours triomphé. Elle le démontrait encore aujourd'hui : il n'y aurait jamais qu'un seul maître à bord. Et tandis que les humains regagnaient du terrain, les trépassés ou presque, s'amoncelaient dans les recoins, les fossés, les rivières.

*

Mumbai, Inde

Une puanteur innommable, fétide, exsudant les fermentations carnées, possédait les rues de la mégapole indienne. Les semaines de bataille avaient changé les priorités. On ne ramassait plus les poubelles depuis trois semaines et les gens emmurés chez eux, jetaient leurs déchets par les fenêtres, de crainte de sortir à découvert, à la merci des militaires ou des pourchassés. Au paroxysme du conflit, il devenait ardu de distinguer les transformés des autres. Tout le monde était sale, hirsute, hagard. L'entretien du réseau d'eau, des infrastructures en général, avait été négligé, puis abandonné. On se débrouillait comme on pouvait avec les vivres, on avait déjà manqué auparavant. Il suffisait de courber l'échine et d'invoquer ses déités.

Un beau matin les tirs s'étaient interrompus. La poussière était retombée sur les avenues fantômes, les décombres, figeant les corps et les ordures en une scène minérale, pétrifiée, nauséabonde. Des taches sombres, encroûtées, délimitaient les traces de bains de sang. L'armée était intervenue. Sans demi-mesure, elle avait débusqué les mutants de tous les repaires, tous les taudis où ils avaient trouvé refuge. A plusieurs endroits critiques, une confusion plausible avait pu se produire, entre transformés et gens sains, mais il fallait se réjouir de ne pas avoir été obligé de condamner des quartiers entiers. L'hypothèse avait été envisagée.

A présent que le calme était revenu, il allait falloir nettoyer la ville. L'évacuation des déchets en Inde posait problème depuis des décennies. Mumbai ne faisait pas exception, loin s'en faut. L'accroissement démographique vertigineux, avait conduit les populations les plus pauvres à s'installer à proximité des trois principales décharges publiques de la ville, dès le vingtième siècle. Au rythme de sept-mille tonnes de déchets par jour, les décharges avaient été saturées en moins de dix ans, et aucun site nu ne pouvait encore être colonisé. Ce que les habitants des bidonvilles connaissaient depuis toujours, allait être vécu par les classes huppées, le temps pour l'armée de se changer en super-éboueurs, à condition de dénicher un espace où brûler tous ces corps.

Les pieds dans les détritus et la boue sanglante, Avinash avançait prudemment. Il avait attendu deux jours de plus avant de se décider à mettre le nez dehors. Le silence anormal et les dizaines de défunts dans les rues l'effrayaient. Mais la vie devait reprendre son cours et son petit commerce de produits frais avait dû souffrir énormément, un manque à gagner difficile à combler. Il tenait une échoppe en semi dur sur Crawford Market, un bel emplacement, fréquenté autant par les locaux que par les touristes. La disposition élégante des denrées était sa spécialité. Il avait un don pour faire chatoyer les couleurs et exciter les papilles, grâce aux conjugaisons de parfums subtils de ses fruits exotiques. Le marché était tristement désert. Quelques intrépides comme lui étaient venus constater les dégâts. Leur présence contribuait à lui redonner confiance.

Enhardi, il s'engagea d'un pas ferme dans l'allée, quand un puissant remugle de pourriture lui emplit les narines. Devant lui, deux cadavres entrelacés tendaient dans sa direction leurs membres en décomposition, comme s'ils l'appelaient au secours. Avinash s'effaça de côté et longea les façades, pour ne pas les enjamber, persistant dans un déni salvateur. Bientôt les militaires emporteraient les charognes et ses cauchemars avec. Un peu plus loin, il aperçut le rideau métallique de sa boutique « Mumbai Deli ». Une coulée de cafards s'échappait d'un interstice dans le mortier, confirmant l'état de dégradation redouté des marchandises à l'intérieur. Hindouiste convaincu et pratiquant, Avinash ne se laissa pas désarçonner : la poursuite de l'artha comme l'un des buts sacrés de la vie, induisait des épreuves, des contretemps, que la pratique du dharma lui permettrait d'affronter dignement. Il en ressortirait grandi, plus pieux et plus résistant. Rasséréné par la foi, il remonta la manivelle et livra ses étalages au grand jour. Un liquide jaunâtre, visqueux et puant gouttait des légumes en putréfaction et une nuée de mouches avait envahi les réfrigérateurs en panne. Prenant son courage à deux mains, il commença à débarrasser les victuailles dans des sacs plastiques usagés. Méticuleusement, il progressa vers le fond de la pièce, où une étagère s'était effondrée. Ses réserves d'huile étaient fichues : les bouteilles de verre du premier choix s'étaient brisées en tombant et une marre poisseuse collait au sol. Dépité, Avinash se baissa pour ramasser les éclats de verre. Une planche saillait au-dessus d'un monticule de débris, attachée par un clou à son pendant perpendiculaire. Il tira fermement et arracha la planche vermoulue. Au-dessous, un œil luisant le dévisageait, inquiet. Un rat. Les marchands de victuailles avaient appris à vivre avec la vermine. A Mumbai, la population s'élevait à vingt-neuf millions d'humains pour quatre-vingt-dix-huit millions de rats, concentrés dans les égouts, les décharges, les habitations de fortune et les commerces. Avinash donna un coup de pieds dans le tas et une demi-douzaine de bêtes noires s'enfuit tous azimuts. Le champ libre, il reprit son fastidieux ménage. Enfouissant le bras dans le trou creusé par les rongeurs pour attraper un bidon, il ressentit soudain un élancement violent. Dans un geste réflexe, il extirpa sa main ensanglantée où des traces de morsures de six bons centimètres se détachaient nettement. Il y avait encore quelque chose là-dessous. Précautionneusement cette fois, il dégagea l'espace et brusquement, un crâne cireux, juché sur un buste décharné, tourna vers lui ses orbites caverneuses et dans le cou du mort-vivant, rougeoyait un abcès pulsatile.

*

Opération « Virago »

Cent-quatre-vingt-dix-huit millions de victimes, approximativement. L'incertitude portait sur des centaines de milliers, c'est-à-dire la totalité des décès dus au Lyssavirus l'année précédente. La pandémie du virus australien avait été qualifiée de « catastrophe sanitaire sans précédent ». Quels superlatifs pourraient à présent décrire le cataclysme myélisox10 ? Les moyens injectés pour endiguer le fléau avaient propulsé l'économie mondiale au bord du gouffre et exténué les puissances armées. Il était temps de reprendre la propagande pro-motivation et de réveiller le « team spirit ».

Les chefs d'Etat avaient lancé un appel pressant aux populations pour venir en aide aux soldats épuisés, dans la grande opération de déblaiement qui devait avoir lieu, et vite. Ce n'était qu'à ce prix que la reconstruction pourrait s'amorcer et chaque heure grappillée valait de l'or. Le hic résidait dans la nature de l'opération : on ne parlait pas de gravats, mais de dépouilles, atrocement mutilées pour la plupart, certaines peut-être toujours vivaces... Il fallait faire face à la peur, au dégoût, balayer les viscères et les espoirs de funérailles en même temps, une scission préjudiciable à l'équilibre psychique. La seule façon de s'en tirer, était d'opérer une dichotomie délibérée entre ces amas sanguinolents, déshumanisés, et les chers disparus : ces corps-là ne *pouvaient* pas avoir appartenu aux proches, aux amants, aux enfants de la vie d'avant. Laver les rues effacerait symboliquement les abominations et les monstres des mémoires, mais dévoilerait à la place un vide sidéral, l'ombre de ceux que l'on ne pleurerait jamais officiellement. Il faudrait exorciser sa douleur, s'inventer des dialogues avec ses amours perdues, pasticher des deuils impossibles...

Henri avait persuadé Justine de rester à la maison. Cela n'avait pas été très compliqué. Il avait suffi d'évoquer le sang et les cervelles en charpie pour que la jeune femme se rétracte. Au fond, elle préférait se raconter que Mirabeau était encore là, quelque part, plutôt que risquer de tomber sur son petit visage défiguré. En arrivant sur les lieux, Henri se demanda si voir son fils mort, quel que soit son état, serait pire que d'ignorer son sort. Une boule dans le ventre il gara son Audi respectueusement. Autrefois il ne se serait pas donné cette peine. Sans doute ne se serait-il pas porté volontaire non plus. Le malheur l'avait remodelé. Il avait gagné en épaisseur citoyenne.

— Bonjour messieurs, fit-il l'assurance commerciale en carte de visite, à l'attention des hommes en tenue, devant les bâtiments du SITCOM. Je viens pour l'opération « Virago ».

Un gaillard grand et massif le scruta de la tête aux pieds, dédaigneux. Ce freluquet aux mains manucurées qui se pointait avec son sourire d'apparat et ses allures supérieures l'exaspérait. Avait-il seulement une idée de ce à quoi il allait être confronté ?

— J'espère que vous avez le cœur bien accroché !
— Ça ira je vous remercie.

Le sergent Paillas se contenta de soupirer.

— C'est vous qui voyez...Inscrivez votre nom ici et allez vous poster là-bas.

Un peu plus loin, une vingtaine de femmes et d'hommes, de classes sociales disparates patientait debout, plus ou moins à l'aise avec le regard des autres.

— Bonjour, leur adressa Henri amicalement, pas du tout

impressionné par les inconnus.
— Bonjour, répondit une dame timidement.

Quelques signes agrémentèrent le salut succinct. Contrairement à son habitude, Henri n'engagea pas la conversation. Il n'avait rien à vendre ici et le repli de tous ces gens témoignait de leur besoin de se recueillir en silence. Deux ou trois bénévoles supplémentaires les rejoignirent et le sergent décida que l'escouade était au complet.

— Bien. Bonjour à tous. Je suis le sergent Paillas. Mon collègue le caporal-chef Callune va vous distribuer des brassards. Chaque couleur correspond à une fonction définie que je vous encourage à respecter scrupuleusement, il en va de votre sécurité. Les rouges viendront en renfort sur le district deux, où le capitaine Belfort vous attend. Un camion va venir vous chercher dans dix minutes. Les bleus iront sur le district trois avec moi et les verts resteront ici avec le caporal-chef qui vous communiquera la marche à suivre. C'est compris ?

Les têtes hochèrent de haut en bas.

— Des questions ?

Hochement de gauche à droite.

Le sergent énuméra les noms et remit à chacun son insigne. Henri reçut un brassard bleu. Il n'était pas spécialement enchanté de devoir subir les ordres et le mépris du sergent Paillas, mais à la guerre comme à la guerre. Rien ne lui garantissait d'ailleurs que le capitaine ou le caporal-chef n'étaient pas plus revêches encore...

— Vous réclamiez de l'aventure Fontaine ?, ironisa le sergent en s'adressant à Henri. Et bien vous allez être servi !
— L'aventure trash n'est pas ma motivation principale, non, répliqua-t-il le menton haut.

L'erreur à éviter avec de ce genre de mâle au cerveau cramé par la poudre et les déflagrations, était de baisser sa garde. Il fallait au contraire accepter de s'affronter à « qui a la plus grosse », si trivial que se révèle le défi.

— En ce cas qu'est-ce-qui vous pousse à tremper vos jolies mains blanches dans la fange ?
— Le devoir. Comme vous.

Paillas se fendit d'une moue moqueuse et d'un geste péremptoire, enjoignit la section bleue à monter une partie dans la Jeep, l'autre dans un pick-up vert camouflage.

Le président Delolm avait entériné la fin du confinement trois jours auparavant, pourtant les rues ne ressuscitaient pas. Un cadavre ordinaire en aurait effrayé plus d'un, alors la potentialité, même infime, de croiser un cadavre mouvant, dissuadait les plus téméraires. Les deux véhicules évoluaient dans un décor spectral, qui plongea Henri dans l'atmosphère suffocante de « The Omega Man », une pépite d'anticipation de 1971. Charlton Heston y interprétait un scientifique, le docteur Neville, seul survivant capable de soigner des zombies encapuchonnés. Sauf que les zombies de la vraie vie eux, n'avaient pas pu être sauvés. Sur son passage, le pick-up écrasa une boîte de burger, témoin d'une époque où l'insouciance et l'égoïsme régissaient les existences. Une ombre tourmentée assombrit son expression. A quoi ressemblerait la société de demain ? Le sergent arrêta le pick-up devant l'entrée du musée Albert-Kahn et fit signe au deuxième convoi d'en faire autant.

— OK. Mesdames, messieurs, voici votre terrain de jeu. Un foyer de mutants a été pisté jusqu'ici. Normalement le travail a été fait proprement et ceux qui n'ont pas été capturés sont tous *bien* morts, mais soyez vigilants. Vous allez donc vous mettre deux par deux, m'aligner les corps et les emballer dans la feuille plastique à votre disposition là-bas. N'oubliez pas de les asperger copieusement avec la chaux dans les containers à côté. Mesure d'hygiène. Chacun couvre les fesses de son voisin, compris ? Des questions ?

Pas de questions. Des estomacs en revanche, qui commençaient à regretter leurs accès de patriotisme.

— Bonjour, moi c'est Henri, votre binôme.

— Sidonie, répondit la jeune femme en souriant.

— Enchanté. Vous êtes ici pour une raison particulière ?

— Oui. Parce que j'ai eu de la chance.

— Comment cela, si ce n'est pas indiscret ?

— Mon fils, Rodolphe, a fait partie du groupe test myélisox un.

— Je suis désolé. Vraiment...

— Ne le soyez pas. Rodolphe n'en a reçu que les effets bénéfiques, miraculeusement. Peut-être parce qu'il s'agissait de la première version, celle qui se contentait de régénérer la myéline.

— Ah bon il y a eu une première version ?

— Oui, mais insuffisamment efficace sur les troubles psychiques, alors ils l'ont modifiée. Quand Rodolphe est sorti de l'hôpital, d'un commun accord avec mon mari, nous avons décidé de nous contenter des résultats acquis, malgré l'insistance de cette enflure de Langeais, excusez ma vulgarité, pour nous recaser sa super molécule version deux. Nous avons sciemment stoppé le traitement. Rodolphe va toujours bien aujourd'hui et il n'a jamais été victime de ces horribles « effets secondaires ».

Henri inspira profondément pour retenir l'émotion qui montait.

— Mon fils Mirabeau n'a pas eu cette chance...

— Alors c'est moi qui suis désolée. Vous savez s'il a... ?

— Eté tué ? Non, je l'ignore. Je ne sais même pas si je souhaite le découvrir ou conserver jalousement un faux espoir...

Sidonie, empreinte de bienveillance, lui pressa la main. Ils formaient une bonne équipe, se dit Henri et ils rallièrent leur affectation : le pavillon patrimonial et les serres. Le musée, aménagé dans le pavillon XIXème, consistait en une enfilade de galeries recouvertes de photographies hétéroclites, un ensemble surréaliste, qui détonnait face au contexte apocalyptique de la mission.

— Je ne sais pas où ils sont, mais cette partie m'a l'air déserte.
— Oui, il va falloir explorer plus loin.

L'arrière de l'édifice donnait sur un jardin à la japonaise, charmant et irréel. Un instant, Henri se crût prisonnier d'un monde parallèle, en compagnie d'une étrangère non moins ravissante. Il laissa aller ses rêveries muettes, le temps d'une pause avec la réalité. Un intermède quiet, désirable, duquel un son ténu mais distinct le tira soudain.

— Vous avez entendu ?
— Oui. Cela provient de la maison du thé.

Avec le moins de brusquerie possible, les veines gorgées d'adrénaline, ils gagnèrent la maisonnette de bois et entrouvrirent la porte. Sept paires d'yeux les dévisagèrent dans le noir, des yeux vivants, pas tous humains.

— Bonjour, je m'appelle Sidonie et toi comment t'appelles-tu ?

Un jeune garçon était assis dans un recoin et se balançait d'avant en arrière.

— Et lui, comment s'appelle-t-il ? Il a un nom ?

Pas de réponse.

— Pauvre gosse il doit être choqué.

Henri se demanda s'il avait assisté au carnage.

— Il faut l'emmener.
— Non !, cria le gamin.

— N'aie pas peur on ne te fera aucun mal.

Sidonie avait ajouté le miel tendre d'une mère à ses paroles, pour rassurer le petit. *Elle* ne lui voulait aucun mal. Henri non plus. Mais les autres ? Doucement, à pas mesurés, elle s'approcha et s'accroupit en face de lui.

— Tu me fais voir ?

Sur ses genoux, un chat noir et blanc avec la queue tronquée esquissa un mouvement de recul.

— Chuuut, tout doux petit chat. A toi non plus je ne veux aucun mal.

— Il s'appelle George et le noir là c'est Jean-Paul avec sa copine Matagote. Et Matagote elle a trois chatons aussi. Enfin ils sont grands maintenant.

— Et ils sont tous à toi ?

— Oui.

— Vous n'avez pas de maison ?

— Bah si ! On habite ici.

— Tu as faim ?

— On ira chercher de la nourriture plus tard.

— Si tu viens avec moi, tu mangeras ce que tu veux.

— Non. Les normaux sont des menteurs.

Les deux adultes échangèrent un regard perplexe.

— Qui appelles-tu les « normaux », mon p'tit gars ?, s'enquit Henri.

— Vous.

— Et les autres alors, c'est qui ?

— Ils sont morts.

*

Institut de recherche biomédicale des armées, Brétigny-sur-Orge

Une espèce d'effervescence ébranlait les couloirs de l'institut de recherche. Si l'intitulé de l'établissement évoquait le roman d'espionnage, voire de science-fiction, en réalité la vie sur site était d'ordinaire plutôt routinière. Chacun une place et un rôle déterminé, dont on ne dérogeait sous aucun prétexte, même si la sauvegarde du pays en dépendait. Les rares exceptions faisaient l'objet d'une liasse de paperasses et de formulaires à compléter manuellement. La dématérialisation ne progressait pas. Elle prenait racine dans l'antichambre du ministère depuis des temps immémoriaux, secret-défense oblige.

Le chaos post-myélisox avait emporté les règles et le conservatisme avec. On avait exigé du dynamisme, de la réactivité et du concret. Hugo Mai, le secrétaire général de la défense et de la sécurité nationale, réclamait un compte-rendu spécial, pour l'après-midi.

Jules tapait nerveusement sur le clavier de son ordinateur ses ultimes relevés. Un mois ! A peine un mois pour adresser une telle complexité, mais de qui se fichait-on ? La crispation lui faisait faire des fautes de frappe et dans un réflexe incohérent, il jugeait plus rapide de récrire la phrase entière, que de corriger le mot erroné.

— Un café mon poulet ?

— Je ne suis pas assez énervé comme ça, peut-être ?

Zoé enfouit ses doigts dans la chevelure sauvage de son collègue et lui pétrit le crâne.

— C'est la visite du patron qui te met dans des états pareils ?

— A ton avis ?

— Tu veux que je te file un coup de main ?

— T'es prête, toi ?

— Prête je ne sais pas, j'ai compilé des pistes... Qu'est-ce-que tu veux produire de sérieux dans un laps de temps aussi court ?

— On est d'accord ! Il est quelle heure, là ?

— Treize heures vingt-deux. Vas-y, file-moi ton truc et va manger un morceau.

— T'es une mère pour moi ! Tu le sais ça ?

Zoé se fendit d'un sourire chafouin. Elle aurait apprécié un qualificatif moins filial. La silhouette athlétique et le visage angélique de Jules, lui donnaient des frissons qu'elle prolongeait volontiers de fantasmes inavouables, mais avec ses rondeurs et ses quinze ans de trop, elle ne se berçait guère d'illusions.

— Il est là !, annonça je jeune homme, la bouche pleine, vingt minutes plus tard.

— C'est bon j'ai fini. T'inquiète, ça va le faire.

Les deux chercheurs, la tablette sous le bras, se dirigèrent vers la salle « éclipse », réservée pour l'occasion. La secrétaire du service y avait déposé des thermos de boissons chaudes, des dosettes de crème et des biscuits.

— Tu paries sur quoi : cigarettes russes ou langues de chat ?
— Langues de chat, les préférées de mon arrière-grand-mère !
— Bingo ! C'est ton jour de gloire, mon chou ! Au fait il est où Albert ?
— Je suis là, vieille cougar ! Méfie-toi bel éphèbe, un jour elle te bouffera tout cru !
— Qu'elle essaye, tiens !
— Madame, messieurs.

Hugo Mai, classieux et distingué comme à l'accoutumé, venait de faire irruption dans la salle de réunion. Il serra les mains de ses doigts effilés et prit place en bout de table.

— Je déduis de votre humeur détendue que vos recherches ont abouti ? J'ai hâte de voir le résultat ! Qui souhaite prendre la parole en premier ?
— Honneur aux dames ?, suggéra Albert, bravement.

Zoé jeta un œil glacial à son mâle collègue. Elle comptait broder sur un travail à demi-bâclé, une fois que les autres auraient, soit retenu favorablement l'attention de môsieur le secrétaire général et son costume croisé, soit épuisé avant elle, le réservoir de réprimandes. Raté.

— Tout d'abord je tiens à mentionner que le temps imparti à l'expérience, était insuffisant pour rédiger des conclusions définitives. Ce dossier devra donc être envisagé comme une ébauche à parfaire.
— Ou une preuve d'incompétence, trancha froidement Mai.

Le secrétaire général n'y allait pas avec le dos de cuillère, jamais. Ses remarques cinglantes, pertinentes toutefois, avaient largement contribué à l'asseoir dans son rôle. Son apparence soignée à l'extrême, ne passait plus pour du maniérisme, mais pour un signe extérieur de perfectionnisme.

A quarante-sept ans révolus, la chercheuse disposait d'assez d'aplomb pour ne pas se laisser désarçonner. Elle projeta sur l'écran son rapport et débuta son commentaire sans sourciller.

— La partie qui m'a été assignée concerne les aspects spécifiques de la communication interindividuelle chez les mutants du myélisox. Sur ce schéma sont retracés les différents véhicules de la communication non verbale, tels qu'identifiés à ce jour, notamment au sein du règne animal. Si l'olfactif prend éventuellement une part dans cette méthode de communication simplifiée, il sous-tend néanmoins une proximité.
— Madame, je ne vous demande pas d'enfoncer des portes ouvertes. Cessez votre bla-bla et venez-en à l'essentiel, je vous prie.

Zoé avait vite flairé que Mai ne se laisserait pas abuser. Elle inspira profondément et s'arma de courage. L' « essentiel » tenait en une page. Une hypothèse, davantage qu'une conclusion, que les mesures de Jules ne corroboraient que partiellement. Elle fit défiler les douze pages de broderie et afficha la dernière.

— La part de communication non verbale liée aux cinq sens, poursuivit-elle, semble équivaloir chez les sujets cibles, celle des sujets contrôle.

— On s'en doutait.

Jules s'apprêtait à montrer ses graphes, en appui aux conclusions de sa collègue, quand Mai leva la main.

— Ce n'est pas nécessaire, je vous crois sur parole. Ensuite ?

— Nous avons par conséquent approfondi du côté des ondes électromagnétiques. En deux mots, chaque concept ou pensée, génère une séquence d'ondes électromagnétiques unique, émise par les neurones et transmissible dans l'air, sous forme d'ondes radioélectriques. C'est déjà le cas chez nous, mais cette fonctionnalité n'est pas exploitée, car le cerveau récepteur est incapable de décoder l'information, si tant est que l'émetteur parvienne à diriger son message vers un correspondant précis. Ici, non seulement le réseau de neurones de ce que l'on nomme communément désormais le « quatrième cerveau », fonctionne comme une sorte de casque d'encodage–décodage des ondes radioélectriques, mais également comme une antenne directrice. C'est aussi ce qui permet la localisation à distance.

— Voilà qui est intéressant. Mr Lespinasse, vos chiffres s'il vous plaît.

Jules, pris par surprise, s'emmêla les pinceaux et afficha le mauvais slide.

— Heu, ce n'est pas celui-là, Jules.

— Ah oui pardon, c'est celui d'avant.

Le secrétaire général fronça les sourcils.

— Vous pouvez m'expliquer ce que je vois là, *exactement* ?

— Oui bien sûr : à gauche, vous avez la séquence d'ondes émise par un sujet A et à droite la même séquence restituée par le sujet B, vers un sujet C.

— Très bien mais qu'en est-il de la *nature* du message ?

— Je comprends ce que vous voulez dire, intervint Albert. Ce paramètre-là, nous ne le maîtrisons pas. Nous ne pouvons que vérifier la préservation de la séquence, à chaque encodage-décodage, sans en connaître véritablement le sens.

— Vous n'avez pas réussi à contourner le problème ?

— Pas encore. Vous savez, *ils* n'obéissent pas aux ordres...

— Il doit bien exister des dispositifs pour les contraindre, ou du moins restreindre leur environnement à un couple stimulus–action. Quelle exploitation de leurs facultés pourrait-on envisager, si nous ne contrôlons pas le message ? Montrez-moi votre protocole d'expérimentation.

Le background scientifique du secrétaire général et ses raisonnements analytiques surlignaient le flou inacceptable de l'étude.

— C'est que je ne l'ai pas amené...

— Et bien allons le chercher !

Albert ouvrait la marche. La documentation relative à l'expérience était conservée sur un support codé dans son bureau, au sous-sol. Le lustre de la salle de réunion design, fit bientôt place aux murs de béton brut et à l'éclairage cru des ampoules à LED surpuissantes. Au bout d'un couloir sordide, interminable, un sas desservait une salle blanche sur la droite, à gauche des bureaux et au fond, un dortoir médicalisé vitré, afin d'assurer une surveillance continue des volontaires recrutés pour les expérimentations.

— Comme vous pouvez le constater, nous avons recueilli un échantillonnage représentatif des sexes et tranches d'âges.

Hugo Mai fit un pas en avant pour observer le panel sélectionné et aussitôt, Auguste, Gaël, Noé et Joséphine se redressèrent, imités par Erika, Mirabeau et enfin, Amandine. Ni Beauchamp ni Godivaud n'avaient eu le cran, après les séances d'électrocution, de « terminer » une petite fille à la massue. Même mutante.

Lentement, les bannis quittèrent leurs lits et s'avancèrent vers la vitre, foudroyant le nouvel arrivant de leurs regards pétrifiés, implacables.

— Je sais, ils font ça tout le temps. C'est flippant, j'avoue, mais ne vous inquiétez-pas, on a fait mettre du verre blindé.

*

La corporation

Le bunker d'Elderberry Hill était opérationnel. Numéro sept avait accompli un travail de titan. Le projet de serres autonomes, sur lequel il planchait au civil pour le compte du groupe Monevil, avant de remettre sa démission, verrait finalement le jour, au bénéfice de la corporation.

Son diplôme d'ingénieur agronome en poche, sept avait intégré le géant Monevil, et signé son premier contrat d'embauche. A l'époque, la firme jouissait d'une réputation d'intégrité pieuse, se targuant, grâce à ses innovations en matière d'agriculture, de sustenter un jour le monde entier. Prétendre combiner avec bonheur industrie chimique et production agroalimentaire, aurait dû éveiller les soupçons, surtout étant donné les précédents historiques. Mais focalisés sur les besoins nourriciers de milliards de bouches en croissance exponentielle, on avait applaudi les rendements incroyables et oblitéré les potentiels délétères, du reste cent fois moins virulents qu'au vingtième siècle. Il fallait savoir où placer ses priorités : l'humanité mourrait moins vite d'intoxication que de faim, sans compter que les populations qui survivraient, développeraient à terme, des stratégies de résistance physiologique, positives pour l'espèce.

Numéro sept s'était comme beaucoup laissé prendre au jeu de la multiplication des pains et avait œuvré, convaincu, à l'expansion du sauveur. Il avait remisé les multiples accusations publiques au placard des comploteurs jaloux, jusqu'au jour où le dossier « Instant Growing » lui était revenu en mains, pour l'apposition de sa signature.

Durant six années de labeur et de passion obstinés, sept avait bûché, dos courbé, sur le projet « Instant Growing ». Grâce à l'élixir miracle dont il était le créateur, le temps de pousse des céréales avait été divisé par deux, promettant ainsi trois moissons providentielles par an, un prodige en soit. Avec un bémol, malgré tout. Un vieux dicton disait : « la chaux enrichit le père, ruine le fils », car qui épandait de la chaux sur son sol, stimulait la minéralisation de la matière autant que les récoltes, mais détruisait inéluctablement les organismes souterrains, indispensables à sa vivacité. Du fait, le jardin d'Eden se changeait en désert inculte, en une courte génération. L'élixir de sept lui, stérilisait la terre en trois ans. Il était donc préconisé de laisser les parcelles se régénérer deux ans sur trois, par précaution. En optimisant la rotation des cultures, on obtenait une augmentation globale de la productivité de trente pour cent. Nécessaire mais suffisant. Un début en tout cas.

Numéro sept était un homme appliqué. Consciencieusement, il avait relu ses conclusions. L'avenir de la planète et de ses habitants, dépendaient de sa circonspection. Rapidement, il avait relevé des incohérences, quelques omissions aussi. Nulle trace de ses recommandations primordiales, bizarrement. Rationnel, il n'avait pas voulu statuer immédiatement, à cause d'une possible erreur de retranscription. Au lieu de cela, il avait enquêté diligemment et surtout discrètement. Ce qu'il avait découvert avait suscité rage et dégoût de lui-même. Comment avait-il pu se montrer si naïf ? Comment avait-il pu oublier les buts inexorables d'un monstre comme Monevil ? Le profit. Peu importaient les circonstances ou le terme. On amasserait des milliards pendant trois ans et après ? On aviserait. C'est alors que cette pulsion si humaine s'était emparée de lui : la vengeance et un mois plus tard, le fondateur de la corporation Zarathoustra le contactait.

Après le génocide des mutants, les membres de l'organisation parallèle s'étaient éclipsés de leurs fonctions respectives. Officiellement en repos mérité, du moins pour les exécutifs, lourdement sollicités ces dernières semaines, ils s'étaient rassemblés secrètement à la colline. Numéro quatre examinait les alambiques et autres appareils de transformation chimique, dont il deviendrait bientôt responsable. Son bagage pharmaceutique constituait le talent pour lequel il avait été choisi.

— Prêt pour l'alcool de patates ?, plaisanta numéro cinq en entrant dans le laboratoire.
— Et c'est un amateur d'antigel qui dit ça ?

Une affinité patente s'était tissée entre les deux hommes

d'extractions pourtant diamétralement opposées. Numéro quatre était issu de la bourgeoisie marchande hollandaise. Il avait grandi dans la soie et les jardins d'ornement, sans pour autant que sa cuillère d’argent ne déborde des douceurs sucrées de l’opulence. Ses parents prônaient la privation contrite, le sain jeûne et l’ascétisme. Dévots si ce n’est illuminés, ils avaient prié jusqu’à leur dernier souffle, pour le salut des âmes d’autrui, de la leur, de la sienne, pour que chacun soit préservé de la ruine complète. Grâce à Dieu, et à l’observance stricte des préceptes de l’église calviniste, quatre avait été sauvé. Transcendantale, omnisciente, l’Ecriture régentait les domaines de sa vie. Elle lui dictait ses opinions, ses actes, ses devoirs et même les désirs, qui exsudaient malgré ses efforts, de son ça corseté. Son obéissance à la foi était la preuve irrécusable de la miséricorde divine. La ferveur ne jaillissait pas de la pratique religieuse assidue, ni de l’abnégation. Seul Dieu, dans sa mansuétude infinie, extirpait le pécheur de sa condition, en lui accordant le don de croire. La nature pécheresse de l’homme n’était plus à démontrer. Chaque jour les témoignages de sa corruption, de sa dépravation totales, attestaient la clairvoyance de l’Evangile. Certains seraient rachetés, la plupart condamnés par prédestination. Dieu prononçait la sentence, le protocole exécutait sa volonté.

Numéro cinq quant à lui, était né dans les quartiers pauvres de Novossibirsk. Son père, ouvrier kazakh, s’était attiré l’opprobre de sa communauté musulmane en épousant une russe orthodoxe par amour, un amour qui avait mal résisté à la marginalisation sociale et au dénuement. A la naissance de leur fils, il s'était mis à boire, une protestation silencieuse, destructrice contre l'abandon divin, la dureté de la vie et les pleurs du bébé. Bientôt l'alcool n'avait plus suffi à soulager les accès de révolte qui corrodaient son esprit et la violence s'était infiltrée entre les draps…

Très tôt numéro cinq avait développé un instinct de conservation et une intelligence hors du commun, ce qui lui avait valu de quitter la sphère familiale dès ses huit ans, pour aller s'enfermer dans une pension orthodoxe, réparer ses côtes brisées et son enfance avortée. Sa mère était décédée l'année suivante, le crâne écrasé sous le mal-être irrépressible de son mari. Elevé à coups de ceinture et de prières, privé de l'affection qui consolide les émotions, numéro cinq s'était forgé un caractère à contre-fil, reniant ses origines et méprisant la bigoterie. Surnommé « le renard », il avait parcouru son petit bonhomme de chemin en solitaire, éloigné des alliances sentimentales et cultivant peu à peu, une haine grandissante pour le genre humain.

— Avec un peu d'entraînement, vous vous y feriez... Ça va être l'heure.

— Oh, mais vous aussi, à ce que je vois !

Quatre faisait allusion aux célèbres retards de son camarade, qui irritaient tellement numéro un.

— Le fond justifie la forme, commenta-t-il narquois.

Six était le premier. Il s'affairait avec la fameuse cafetière italienne en aluminium controversé, qu'il n'avait jamais délaissée pour l'une de ces machines à café préfabriqué. Six était un esthète, raffiné, italien.

— Et voilà ! S'exclama deux, un plateau de ce qui ressemblait à des brioches, dans les mains.

Sept dissimula une grimace amusée. Deux l'avait pris au mot lorsqu'il avait émis des doutes quant à son étoffe de boulanger et le français avait sportivement accepté de relever le défi. Le résultat malheureusement, n'égalait pas son enthousiasme.

— Dites-nous numéro un, ironisa sept en mâchant une bouchée compacte et sèche, deux a été recruté pour ses talents d'empoisonneur, c'est ça ?

Numéro un esquissa un rictus. La consistance des brioches était affreuse. Une chose restait acquise cependant : aucun d'entre eux ne rivalisait avec les capacités d'analyse de deux, dont l'acuité avait concouru sans équivoque au succès de leur audacieux plan.

— Messieurs, je profite de ce moment de détente pour annoncer la fin de la seconde étape de notre protocole. Un triomphe à la hauteur de nos espérances. Nous pouvons nous féliciter de la parfaite coordination de nos actions. Toutefois, je vous invite à ne pas dételer : nous devons encore conduire l'étape ultime à son terme, après quoi, le sort en sera jeté et il ne nous appartiendra plus de décider de la suite des événements. Je crois que numéro deux à des nouvelles de bon augure à nous communiquer. Deux ?

— Parfaitement. Ainsi que nous l'espérions et comme l'a fait remarquer neuf, au cours de la séance précédente, le mode de communication employé par les mutants ne présente pas une régression, mais une admirable avancée. L'équipe de chercheurs qui étudie la question a pu établir que le quatrième cerveau, selon la dénomination d'Alpha1, permet un encodage-décodage maîtrisé des idées, en séquences d'ondes radioélectriques, ainsi qu'une diffusion ciblée. Ils n'ont pas par contre été en mesure de vérifier le contenu des messages transmis. Nous ne pouvons pas du fait, confirmer une éventuelle simplification des échanges, telle que décrite par neuf.

— Ni l'infirmer, remarqua ce dernier.

Neuf n'aimait ni perdre ni avoir tort. Nonobstant, ce n'était pas l'orgueil qui s'exprimait ici, seulement une certaine perspective de la science : « on peut prouver l'existence d'une chose mais pas son inexistence ». Le contexte familial de neuf lui avait inculqué, dès son plus jeune âge, le sens de l'observation. Corréler les mimiques de papa avec ses humeurs, lui avait maintes fois sauvé la mise et peut-être son goût de l'expérimentation, découlait-il de cet apprentissage précoce.

Lorsqu'il avait été parachuté chez Åsa, une tante qu'il connaissait à peine, parce que Teodor Lindström l'avait soigneusement écartée de leur cercle, pour isoler son épouse, il avait d'abord beaucoup pleuré. Dans cette ferme plantée au milieu de nulle part, rien ne lui permettait de se raccrocher à aucun de ses maigres souvenirs, si douloureux soient-ils. Sa mère, son placard refuge, son lapin, tout avait disparu. Pourtant ils avaient existé. Mais comment le prouver, puisqu'on ne pouvait plus les voir ? Et comment certifier qu'ils n'existaient pas tout simplement ailleurs, aujourd'hui ?

Le monde d' Åsa était peuplé de poules, de lapins vivants et de trolls. Le soir à la veillée, elle racontait au petit garçon des histoires à frémir. Bien sûr, il s'agissait surtout de le tenir éloigné du bois, derrière la ferme, tellement dense et sombre qu'il aurait pu s'y égarer, mais les fantômes de sa propre enfance conféraient aux contes de tata, une véracité obscure. Åsa croyait aux créatures sauvages et malfaisantes, cachées dans les grottes et les galeries souterraines. Sven n'avait pas vraiment peur. Il ne se serait pas pour autant aventuré seul en contrée hostile, si Oscar, le lapin roux qu'il adorait, ne s'était échappé de son clapier. Oscar était son ami, son familier, alors Sven était parti à sa recherche. Sans y prendre garde, il s'était enfoncé dans le bois, criant « Oscar » insouciant, quand soudain, un éboulis d'énormes rochers bleus était apparu devant lui : la demeure des trolls ! Une seconde il aurait juré que les pierres avaient tremblé, tandis qu'un grondement sourd s'élevait des entrailles de la terre. Terrorisé, il avait rebroussé chemin à toute vitesse. Adulte, il avait conservé de cet épisode une sensation étrange : les trolls appartenaient au folklore, un catalogue de croyances archaïques, destinées à conjurer l'inconnu. Sauf qu'Oscar n'était jamais reparu. Et s'il avait vraiment été dévoré par un troll ? L'homme ne savait concevoir qu'à partir des données enregistrées dans sa banque cérébrale, sollicitant son imagination, pour reprogrammer la matière accumulée en schèmes apparemment novateurs. Mais au-delà de ces frontières organiques, erraient des choses imperceptibles, incompréhensibles, des choses bien réelles dont on ne pouvait prouver l'existence, à cause des limitations du cerveau.

— Certes, concéda deux. Disons qu'il serait sage d'appliquer les réserves, intrinsèques à la simple présomption.
— Soit. Ce qui ne fait plus de doute en revanche, c'est que les facultés dont ils sont incontestablement dotés, preuves scientifiques à l'appui, font des mutants notre chaînon manquant, conclut Lindström satisfait.

*

Centre SITCOM d'Issy-les-Moulineaux

Sidonie n'avait rien voulu savoir. Elle avait refusé catégoriquement de remettre le jeune garçon au sergent Paillas, qui entre nous soit dit, n'avait pas vraiment l'air humain lui non plus... Quelque chose dans la mine désenchantée de ce gosse, son menton barbouillé et ses vêtements déchirés, avait été fouiller aux tréfonds de son instinct maternel. Elle devait le protéger. Ils étaient convenus de prétexter d'un malaise, ou de n'importe quelle excuse plausible qu'Henri inventerait, pour justifier de son absence. Pendant ce temps-là, elle attendrait avec le petit jusqu'à ce que l'obligeant commercial revienne les chercher.

— Comment ça, elle se sentait patraque ? Et vous l'avez laissé partir, au risque qu'elle fasse une syncope au volant ?
— Il n'y avait aucun risque. Ses dérangements étaient plutôt de l'ordre...intestinal.
— Aaah, elle avait la chiasse ! Bah faut appeler un chat un chat mon vieux ! Et son véhicule ?
— Elle est venue en bus.
— Ah, OK. N'empêche que la prochaine fois, faudra qu'elle vienne m'expliquer tout ça elle-même avant de mettre les voiles !
— Je le lui dirai.
— Sinon, vous en avez emballé combien ?
— Zéro. Nous n'en avons trouvé ni dans le pavillon, ni dans les serres.
— Ouais, c'est nous qui nous sommes coltinés le boulot, quoi ! Pourquoi cela ne m'étonne pas ? Pas grave, vous aurez de quoi vous rattraper c't'aprèm. Bon les enfants !, aboya-t-il, on charge les zombieland dans le pick-up et on rentre à la base. Y a des sandeviches pour ceux qu'ont faim.

De retour au SITCOM, Paillas les conduisit à une espèce de réfectoire, où des sandwiches sous cellophane et du café avaient été préparés à leur intention. Deux jeunes personnes, encore sous le choc de leur tâche matinale, proposèrent leurs rations à leurs camarades du jour : impossible d'avaler une bouchée.

— Alors là mes cocos, si la promenade de ce matin vous a fichu l'estomac en carafe, je vous suggère de rentrer chez vous illico !

Les brassards verts firent irruption dans la cantine. L'un deux, particulièrement pâle, avala une gorgée du café qu'un costaud lui avait apporté et dégobilla immédiatement le tout sur ses chaussures.

— Bon, écoutez-moi tous. Je conseille vivement aux sensibles de regagner leurs terriers. Ce qui se passe cet après-midi n'est pas pour vous. Si vous avez des scrupules, discutez avec ce jeune homme qui vient de nous gratifier d'une belle galette !

Henri se déplaça en direction du costaud.

— Salut. Je ne te dérange pas ?

— Nope.

— Dis-moi, à quoi fait-il allusion le sergent, à ton avis ?

—A l'incinération.

— Quoi ?

— Les corps que vous avez ramenés, vous allez devoir les balancer dans le brasier. Nous, on a fait notre compte. Un enfer. Le pire, c'est l'odeur...

Henri réalisa soudain sa stupidité : SITCOM signifiait :

« syndicat intercommunal de traitement par calcination des ordures ménagères ». Un centre de traitement des déchets, avec un gigantesque incinérateur, dédié au « non compostable ». Probablement la seule solution pour se débarrasser au plus vite de plusieurs centaines de milliers de corps en putréfaction. Les mutants n'auraient droit ni à une sépulture décente, ni aux au revoir, ni même à l'identification. Son fils non plus, s'il échouait dans le tas.

— Je déclare forfait !, lança-t-il à la plus grande joie de Paillas.
— J'en étais sûr !

Une gloire amère se dessina sur la face burinée par les atrocités qui avaient construit son identité.
— Et vous aviez raison, acquiesça le vendeur en prenant congé.

Henri avait couru le risque de découvrir le corps mutilé de Mirabeau dans les allées du jardin Albert-Kahn. Il ne prendrait pas celui de le jeter dans les forges de Vulcain, si lâche que cela puisse paraître à un bulot conditionné. Mu par une force répulsive, il s'empressa de rejoindre sa voiture et démarra en trombe. Les routes étaient aussi désertes que les rues. En un quart d'heure à peine, il était arrivé au musée. Un peu anxieux d'avoir laissé Sidonie seule, il se gara et pressa le pas en direction de la maison de thé. Tout semblait calme. Trois coups brefs, une pause puis deux coups appuyés : le signe convenu.

— Entre, on est là.

Sidonie était assise par terre, aux côtés du gamin qui se redressa, sur ses gardes.

— Je te présente Irvine.

— Ravi de faire ta connaissance Irvine. Moi c'est Henri. Je suis venu te chercher avec Sidonie.

Irvine l'observa un moment. Son regard intense traduisait la méfiance et la bravade.

— Tu ne crains rien avec nous. S'il te plaît, fais-nous confiance.

— Les normaux m'ont toujours trahi !

— Je comprends, coupa Sidonie, mais tu sais moi, je suis la maman d'un garçon comme toi.

— Un fou ?

— Mon fils Rodolphe est autiste.

— Ce n'est pas pareil.

— Non, mais il n'appartient pas plus que toi au monde des « normaux ». Allez il faut partir maintenant. Dis au revoir aux chats.

— Je ne partirai pas sans eux !

— Mais il y en a six ! On ne peut pas tous les transporter…

— Si, tu vas voir.

Irvine se leva et instantanément les six chats le suivirent.

— Alors ça c'est extraordinaire ! Je ne savais pas que des chats pouvaient se comporter comme des chiens !

— Ils suivent ceux qui les comprennent, les rejetés, comme eux. Tout le temps ils sont restés avec nous et même quand on nous a séparés, ils nous ont retrouvés.

Henri déverrouilla les portières de l'Audi et installa le

gosse à l'arrière.

— Allez hop les chats, on va se promener, dit-il en tapotant le siège.

La panthère urbaine s'étala de tout son long sur la plage arrière, immédiatement suivie par George et les trois chatons, tandis que leur mère se lovait sur les genoux de son jeune maître.

— Henri va nous ramenez chez moi, comme ça tu rencontreras Rodolphe et mon mari.

Le gamin se mit à tripoter la pochette du siège devant lui et en tira machinalement le contenu. Il y avait un personnage en caoutchouc, des briquettes en plastique et une photo, celle d'un petit garçon aux boucles brunes.

— Pourquoi t'as la photo de Mirabeau ?, demanda-t-il brusquement, presque en colère.

— Quoi, tu le connais ?

— C'était mon ami.

*

Johannesburg

La chaleur écrasante, anormale pour un début de

printemps dans l'hémisphère sud, avait accéléré la corruption des morts empilés dans les rues. L'armée était intervenue en priorité dans les quartiers de Houghton, Rosebank et Sandhurst, afin d'obliger l'élite qui y vivait encore. A deux kilomètres au nord-est, les habitants d'Alexandra, une fois la peur panique atténuée, avaient dû se charger eux-mêmes du ramassage. Ils avaient commencé à rassembler les corps dans un terrain vague, entre la dix-huitième avenue et le cimetière. L'église St Michaels All Angels à proximité, offrirait une cérémonie solennelle, avant d'enfouir les dépouilles dans une fosse commune.

Nkwabi et son ami Reece s'étaient donné rendez-vous sur les berges de la rivière Jukskei. Ils s'étaient portés volontaires pour tirer de l'eau les défunts à demi-immergés, parce que le sens commun leur disait que c'était mauvais de les y laisser et aussi parce que par cette canicule, œuvrer les pieds au frais serait nettement moins éprouvant. Les deux hommes échangèrent le « check » de leur clan et se mirent au travail. On dénombrait une dizaine de corps sur les cent mètres à la ronde. Le niveau de l'eau était historiquement bas : pas une goutte de pluie n'était venue alimenter la rivière en quatre mois. L'approvisionnement des habitants en pâtissait sérieusement. On venait puiser ici de quoi laver les aliments, le linge, soi-même, mais bientôt il ne resterait plus que de pauvres flaques boueuses. Valait mieux ne pas y penser. On verrait quand on y serait : à chaque jour suffit sa peine.

Nkwabi revint avec la brouette vide et entra dans l'eau. A quelques pas, un groupe d'enfants livrés à eux-mêmes jouait, s'aspergeant pour se rafraîchir.

— Faut pas traîner là les mômes !

Une fillette aux yeux légèrement exophtalmiques le dévisageait, un doigt dans la bouche.

— C'est dangereux p'tite mère. T'as pas vu le monsieur là-bas ?

Il désignait le cadavre.

— Le monsieur qui dort ?

— Il ne dort pas, il est mort. Tu ne voudrais pas qu'il t'emporte avec lui ?

L'image effraya la petite qui s'enfuit en pleurnichant. Les autres ne se laissèrent pas impressionner et continuèrent leur jeu.

— Qu'est-ce que je viens de dire, les mouflets ?

Tous le regardèrent, le menton en l'air, bravaches.

— C'est pas une blague, allez ouste !, ordonna-t-il avec un geste du bras.

La plupart obéirent, sauf le plus grand qui avant de décamper, s'accroupit et but une gorgée de l'eau souillée.

— Arrête imbécile !

Trop tard.

— Ben mon gars, t'es bon pour une bonne diarrhée !

Le bambin fit une grimace et rejoignit ses compagnons.

Après quatre jours d'efforts, les ruelles d'Alexandra et la rivière étaient nettoyées. La fosse, creusée avec des pelles à main était terminée. Le ministre du culte avait préparé la lecture de l'Ecriture et la bénédiction des vivants, pendant que les fidèles ensevel iraient les défunts en chantant des psaumes. Nkwabi et Reece, aux côtés de leurs familles se recueillaient pudiquement, la tête baissée, les yeux clos, évoquant le souvenir de ceux qu'ils avaient reconnus. La mère de Reece pleurait. Ses deux filles avaient été dévorées par les mutants de Houghton, une double injustice qui l'obsédait, malgré sa foi en une vie meilleure. Celle d'après.

— Frères, lisait le prêtre, c'est une chose mystérieuse que je vous annonce : même si nous ne mourrons pas tous, nous serons tous transformés, et cela instantanément, en un clin d'œil, quand retentira le signal au dernier jour.

La première Epître de saint Paul aux Corinthiens paraissait si particulièrement appropriée aux circonstances que Reece sursauta. Il eut soudain l'étrange impression qu'elle lui était destinée, il n'aurait su expliquer pourquoi. Les habitants d'Alexandra autour de lui ne réagissaient pas, comme si le message n'imprimait dans leurs esprits aucune résonance avec la réalité. Juste derrière, au même moment, on entendit une série de haut-le-cœur spasmodiques. Le jeune garçon, celui de la rivière, était tombé à genoux, projetant des jets continus de liquide clair. Puis il se tordit à terre, pris de convulsions, le visage livide.

*

Comme si de rien n'était, ou presque... Métro, boulot, Dodo. Pourtant tout le monde était convaincu que cela se *verrait*, qu'il y aurait moins de gens dans les rues, sur les routes, dans les bureaux, mais non. On aurait dit que la masse avait englouti les traces du cataclysme. Il y avait bien untel qui connaissait quelqu'un qui... unetelle qui ne reviendrait pas, mais les témoignages paraissaient sporadiques, comparés aux chiffres scandés midi et soir au journal télévisé.

Cent-quatre-vingt-dix-huit millions de morts. Un nombre vertigineux s'il en est. Deux et demi pour cent de la population mondiale, un peu en dessous, et cela passait inaperçu... Combien aurait-il fallu de pertes pour que cela se voie, pour que les disparus nous rappellent tous les jours notre insignifiance ?

Quand ils étaient vivants, à pourchasser ou à se faire poursuivre, on ne voyait qu'eux. Lorsqu'ils avaient été décimés par l'armée et que leurs cadavres jonchaient les avenues, on ne voyait qu'eux. Mais à présent qu'on avait prononcé leur panégyrique funèbre, on ne remarquait qu'à peine leur absence. Quelle ironie sidérante...

La déroute économique avait vécu elle le cycle inverse. Indice intangible pendant toute la durée du fléau, elle était devenue bien réelle lorsqu'il avait fallu mettre les bouchées doubles pour combler le gouffre. Les semaines de travail étaient passées à quarante-cinq heures pour les plus chanceux, soixante pour certaines industries particulièrement sinistrées, avec la bénédiction du gouvernement. La planète s'était arrêtée de respirer, on allait lui rendre sa forme avec un brin de cardio !

Deux jours après l'annonce de la ministre des Armées, proclamant que les rues et les centres-villes étaient de nouveau praticables, une déferlante de clients, en mal de coiffeur, de shopping et de flâneries, avait envahi les galeries marchandes et les bars, pour vite renouer avec les futilités qui faisaient leurs vies. On avait gagné moins d'argent pendant tout ce temps, mais on n'en avait dépensé beaucoup moins aussi, puisqu'on ne sortait plus de chez soi. Même les livreurs de merveilles chiffonnières et chatoyantes pacotilles vendues sur internet, avaient reçu l'ordre de se cloîtrer chez eux. Du fait, le sevrage partiel avait entraîné une boulimie impromptue, aberrante d'achats compulsifs. Ceux qui avaient stocké de la farine, alors qu'ils ne cuisinaient jamais, se retrouvaient maintenant à faire la queue chez le marchand de chaussures, comme s'il en allait de leur survivance et râlaient de plus belle, of course.

On avait déjà oublié les massacres, ou plutôt se racontait-on qu'une orgie de consommation était justement ce qu'il fallait pour tourner la page. On n'avait rien appris. Ainsi soit la nature de l'homme perfectible.

Daphné elle, avait d'autres chats à fouetter. Depuis son expédition à Henri Colin, le regard fantomatique qu'elle avait entrevu dans ce fourgon la hantait.

— Puisque je te dis que c'était Amandine !

— Mais enfin ne soit pas têtue, tu as entendu Laplace ?

Daphné tordit la bouche et ravala son chagrin.

— Evidemment que je l'ai entendu ! Pourquoi, si c'était bien elle, ne pouvait-on pas la voir, alors ? Pour quelle raison valable auraient-ils brûlé le corps sans nous le montrer, presque un mois après son soi-disant décès ?

— Le corps était dans un sale état et il y avait un risque de contagion.

— Contagion de quoi ?

Batiste serra les dents. Le commissaire Laplace avait appelé dans la matinée pour leur annoncer la désastreuse nouvelle : le corps d'Amandine avait été incinéré à son insu, selon les recommandations du ministère de la santé. Mesure d'hygiène. Laplace paraissait dévasté, du moins son ton au téléphone le laissait à penser, mais Daphné n'en démordait pas : il avait menti.

— Je sais moi, qu'elle est en vie !

Doucement, Batiste avait pris sa femme dans ses bras et l'avait serrée contre lui, tendre, déclenchant aussitôt un torrent de larmes.

— Le déni ne sert à rien, ma chérie. C'est juste un réflexe de sauvegarde, pour donner le temps à ton psychisme d'accepter l'inacceptable. Je ne suis pas convaincu que garder de notre fille l'image atroce de sa dépouille, nous aurait beaucoup aidés. Je préfère me souvenir d'elle *avant.*

Elle leva la tête vers lui et il crut apercevoir dans son expression énigmatique, une forme de résignation, suivie tout de suite après d'une lueur ardente. Daphné faisait preuve d'une résilience incroyable.

— Tu as raison... et cela ne se passera pas comme ça ! Il faut que la collectivité apprenne ce qui se trame dans son dos, les enfants qu'on enlève et que l'on conduit Dieu sait où, pour en faire Dieu sais quoi. Des expériences... Mais oui, c'est évident ! Cet infâme professeur qui s'est servi d'Amandine comme cobaye, pour tester son maudit médicament... C'est ça : ils continuent !

Batiste désarmé se demanda quoi faire. Daphné présentait des signes de paranoïa, du moins sa connaissance populaire des pathologies psychiatriques, lui en disait tant. Fallait-il contacter un hôpital spécialisé ? Egal à lui-même, il décida de dormir dessus. La précipitation était toujours mauvaise conseillère. Quand il s'était levé le lendemain, elle avait inondé internet de ses thèses abracadabrantes, posté vidéos et articles illustrés, abreuvé à peu près tous les blogs « complotistes » d'allusions sur le trafic de mineurs à des fins d'expérimentation frelatée. Elle y avait passé la nuit. Ce matin, elle contemplait exténuée mais contente, ses compteurs engrossés du nombre de vues, de commentaires et d'appréciations...

Suffisamment croustillant pour plaire et documenté pour être cru, son témoignage relaté aux vigies du gouvernement, avait exigé un exemple. Une fois le coupable désavoué, la polémique retomberait comme un soufflé. Un courrier, signé personnellement par le ministre de l'intérieur, avait été adressé à la famille Favreaux, pour les informer que le responsable de cette malencontreuse affaire, avait été démis de ses fonctions. En réalité, le malchanceux bouc émissaire avait été précipité un peu plus tôt à la retraite, mais titré de ses droits légitimes. Après tout, le pauvre homme n'avait fait que son métier.

— Ma chérie ça y est ! Tu as obtenu gain de cause, s'exclama Batiste en brandissant la lettre officielle à son épouse.

Daphné parcourut le texte brièvement, froissa la feuille et la jeta à la poubelle.

— C'est tout ce que ça te fait ?

— Ils lui ont fait porter le chapeau, très bien. Encore que je ne sois pas certaine qu'il ait pris une part si importante dans l'histoire, mais passons. Cela ne me dit pas où ils l'ont mise !

— Qui ça ?

Si elle avait eu un martien en face d'elle en ce moment, elle ne l'aurait pas dévisagé autrement.

— Mais enfin, Amandine !

Dans les fins fonds de sa Corse maternelle, le grand Mattéo admirait l'onde qui tressautait pétillante, sur les cailloux du ruisseau. On y avait vu de la truite, paraissait-il, mais Laplace s'en fichait pas mal. Ce qu'il voulait lui, c'était demeurer là, tranquille, loin des parisiens iniques et respirer profondément. Un court instant, le souvenir de cette gamine lui troubla l'esprit : le pied en moins et la peau du visage nécrosée. Il avait seulement tenté d'épargner la mère… Bien sûr il aurait pu désobéir aux ordres et la lui ramener, au lieu de la conduire à l'institut, mais quel bien cela aurait-il fait ? Retrouver son enfant ni vivant ni mort, à moitié décomposé, incurable, aurait détruit n'importe quel parent digne de ce nom. Il chassa l'image de sa mémoire et remercia silencieusement la Madone : mis au ban de la société a tout juste cinquante-cinq ans, il lui restait une seconde vie pour profiter de son paradis terrestre.

*

Siège de la British Broadcast Corporation, Londres

En fait, les conditions de travail avaient peu évolué à la BBC. Au sommet de la crise, les journalistes et les commentateurs transitaient de leur domicile au siège en voitures chauffeur, option garde du corps. Le dernier cri. Quelles que soient les circonstances : priorité à l'info. L'activité avait plutôt fluctué à la hausse, jusqu'à ces dernières semaines, où l'on avait retraversé le miroir : plus de chauffeur, des bouchons à n'en plus finir, des transports pleins à craquer, le retour de la routine usante.

Mia passait ses fiches en revue. L'émission qu'elle animait depuis le début du chaos débuterait dans dix minutes et elle n'était pas prête. Il faut avouer que les sujets s'étiolaient, à présent que tout était rentré dans l'ordre. Bientôt les producteurs exigeraient du nouveau. En attendant, il fallait se fatiguer les méninges pour faire durer, car rien ne lui garantissait la primeur du magazine qui remplacerait le sien...

— Hello, foxy !

La jeune femme ainsi flatteusement interpellée, se retourna avec un grand sourire.

— Oliver ! Mais qu'est-ce que tu fais là ? Quand es-tu rentré ?

— Hier soir et crois-moi c'est un soulagement, avec les horreurs que j'ai vues là-bas...

Le reporter aventurier, peau bronzée et foulard blanc, s'assit nonchalamment sur le coin du bureau de sa collègue.

— Oh bah tu sais, on a été servi nous aussi !

— J'imagine. Non, je te parle de l'après, le nettoyage des rues, le réseau d'eau potable coupé, le manque d'hygiène, les hôpitaux à court de médicaments de désinfectant et j'en passe... Je peux te dire que la reconstruction ce n'est pas pour demain !

— Tu as des photos ?

— Evidemment, tu me prends pour qui ?, gronda-t-il complice.

— Et tu serais prêt à partager ?

— Cela dépend du prix, répondit-il scabreux, en reluquant les attributs de la donzelle.

Mia était prête à tous les sacrifices. Les films d'Oliver représentaient une mine d'or et la garantie de conserver sa place sur le podium. Il n'est pas si mal après tout, se convainquit-elle en détaillant son confrère et ses allures d'Indiana Jones ringard.

— On en parle ce soir au dîner ?, suggéra-t-elle sans détour. Rendez-vous chez Flor à vingt heures ?
— OK. Top ! Bon bah j'y vais, moi.
— Tu t'en vas déjà ?
— Oui, j'ai une migraine d'enfer, je vais aller m'allonger. Le décalage horaire. Mais t'inquiète, je serai en forme ce soir !

Demi-sourire bourré de sous-entendus.

— A ce soir, alors !

Oliver s'approcha, et captant le regard de sa future conquête avec un air qu'il pensait irrésistible, il déposa un baiser sur le coin de sa bouche très rouge.

Vingt-heures. Mia avait revêtu pour l'occasion une robe à la sensualité évocatrice. Sure d'elle, elle traversa le restaurant en virevoltant sur ses talons et s'assit classy, à la table qu'elle avait réservée. Vingt-heures-trente : pas d'Oliver. Comment ce goujat pouvait-il se pointer en retard, alors qu'elle s'apprêtait à lui accorder ses faveurs ? En cinq minutes, il passait du statut de « il a du charme, quand même », à « pour qui se prend-il ce trou-du-cul ? ». Vexée, elle tapota nerveusement le numéro personnel du malotru et approcha le portable de son oreille, les lèvres pincées.

— Allô ?, fit une voix pâteuse et faible à l'autre bout.
— Oliver ?, interrogea-t-elle déconcertée.

— Pas pu. Désolé. Fièvre de cheval.

Les mots à peine audibles étaient entrecoupés de blancs.

— Tu veux que j'appelle les pompiers ?, proposa-t-elle, franchement alarmée cette fois. Oliver, déconne-pas !

— Pas besoin. Stupide grippe.

Mia capitula, rassurée au moins sur un point : ses capacités de séduction n'étaient pas en péril. Oliver était simplement malade. Incidemment, elle commença à compatir. Le malheureux avait dû chopper la mort, à cause de cette satanée clim ! A cause du réchauffement climatique et au mépris de la logique, on en collait partout : dans les avions, les bureaux, les habitations. L'Inde ne faisait pas exception. Mia haussa les épaules et décida de faire contre mauvaise fortune bon cœur. Elle commanda une assiette de truite fumée, une bouteille de Chardonnay et leva son verre au prompt rétablissement de son collègue. Ensemble, ils allaient faire de grandes choses.

Au réveil le lendemain, le crâne dans un étau, Mia se promit d'être plus raisonnable à l'avenir. Chaque fois qu'elle abusait de l'alcool, elle se remémorait ses bonnes résolutions et chaque fois que l'opportunité se présentait, elle était incapable de résister au mythique vin blanc. Elle se prépara un café fort et repartit à la salle de bain, camoufler la mine hideuse qu'elle avait croisée dans la glace du salon. Au pire, la maquilleuse se chargerait de lui rendre figure humaine avant le broadcast de treize heures. Nauséeuse, elle n'avait presque rien avalé. Elle improvisa un sandwich avec les restes de son frigo et programma un taxi, beaucoup trop lasse pour se farcir une heure de métro.

— Et bah ma cocotte, t'as dû t'en donner du bon temps hier soir, t'as l'air complètement déchirée !

Zita aurait aimé recevoir des détails croustillants, mais manifestement sa collègue n'était pas dans son assiette.

— M'en parle pas ! Je suis au bout de ma vie. Pourtant je ne me suis pas couchée si tard. A tous les coups j'ai mangé un truc pas frais.

— T'as mangé quoi ?

— Du poisson.

— Oh là, ça ne pardonne pas ça !

La maquilleuse eut beau déployer des trésors d'artifice, Mia conservait ce teint blafard des phtisiques de Stannington.

— Bon, va falloir faire avec.

La jeune femme se leva et vacilla sur ses jambes.

— Ça va aller ?, s'enquit Zita, soucieuse.

— Je vais torcher l'affaire vite fait et rentrer me mettre sous la couette.

Assise en bout de table, Mia accueillit à l'antenne le premier intervenant. Elle avait disposé ses fiches devant elle, pour palier son manque de concentration. Une sensation vertigineuse, affreusement désagréable, faisait tournoyer le décor autour d'elle.

— Bonjour à tous. Je suis ravie de vous...

C'est alors qu'une toux impromptue interrompit son

introduction.

— Pardon. Je disais que j'...

La toux la reprit de plus belle et se commua en une quinte rocailleuse, épuisante. Etouffant à moitié, la chroniqueuse repoussa sa chaise en arrière et se pencha en avant, toussant à s'en briser les côtes, quand elle expulsa soudain une glaire sanguinolente impossible à réprimer, sous les œillades dégoûtées des invités. Puis elle s'affala à terre et s'évanouit. Le technicien du plateau se précipita à son chevet et l'allongea dans une position plus confortable.

— Appelez les secours !, cria-t-il. Elle est brûlante de fièvre !

*

Jakarta

Une torpeur inquiétante s'était installée dans les ruelles surpeuplées du taudis de Petamburan. La tranquillité absurde contrastait avec l'agitation des « working girls and boys » en chemises cintrées, qui se pressaient vers les buildings scintillants de leurs rêves d'avenir. A force de travail acharné et de persévérance, Aulia était passée de l'autre côté de la rivière, du « bon côté », de celui des espoirs de réussite et de l'argent. Elle avait gravi une à une les marches de l'ascension sociale et avait fini par décrocher le Graal : elle était devenue responsable de l'intendance, dans un hôtel prestigieux du centre touristique. Ainsi, elle avait pu investir dans son propre appartement et couper définitivement avec son passé miséreux, dont elle conservait une certaine honte.

Comme chaque matin à six heures trente, elle avait réuni son staff afin de passer en revue consignes et plannings, et effectuer le débriefing des manquements de la veille.

— Votre travail hier était à peu près satisfaisant. Nous n'avons relevé qu'une plainte : des poils dans la douche de la chambre 208. Qui en avait la charge ?, demanda-t-elle, prête à sanctionner.

Putri baissa les yeux et leva timidement la main.

— Bien. Je retiendrai cent roupies sur votre salaire. Et faites que cela ne se reproduise plus ou ce sera la porte ! Compris ?

La femme de chambre acquiesça silencieusement. Il ne fallait surtout pas provoquer la cheffe. Putri était sa tête de turc. Elle aussi provenait des quartiers pauvres de Jakarta et Aulia lui en voulait de lui renvoyer continuellement à la figure l'humiliation de sa naissance. L'affaire était un mensonge. La cheffe savait pertinemment qui s'était occupé du ménage de la 208, mais elle éprouvait régulièrement ce besoin incoercible de se venger des souffrances qu'elle avait endurées pour en arriver là. Et puis les employés comme Putri étaient une menace : déterminés, durs à la tâche, impitoyables. Si quelqu'un lui damnait le pion un jour, ce serait elle.

L'émotion serra la gorge de la jeune opprimée. Ne rien

montrer. Elle respira profondément, en soufflant doucement par le nez.

— A présent, prenez vos feuilles de route et suivez les recommandations. Bonne journée.

Aulia tourna les talons et se retira dans son bureau.

— Ça va ?, s'inquiéta Kevin, au fait comme tous, du harcèlement que subissait Putri.

— Ma mère et mon petit frère sont malades et avec les cent roupies d'amende, je ne sais pas comment je vais faire pour payer le docteur.

Kevin fouilla dans sa poche et lui tendit un billet.

— Je vais faire le tour des autres et voir ce qu'ils peuvent donner.

— Pourquoi tu fais ça pour moi ?

— Qui serais-je si je ne combattais pas l'injustice flagrante quand je la vois ?

En fin de journée, Kevin avait récolté les trois-cents roupies équivalant à peu près au tarif du médecin. Content de lui, il descendit aux sous-sols pour remettre la cagnotte à sa camarade. D'ordinaire à cette heure, elle repassait les draps à la blanchisserie.

— Putri ?

— Elle n'est pas là, répondit la seconde femme de chambre.

— Et tu sais où elle a été affectée cet après-midi ?

— Normalement elle devrait être ici, mais je ne l'ai pas vue depuis la pause déjeuner.

Kevin fronça les sourcils. Déserter ne lui ressemblait guère. Peut-être avait-elle dû partir en urgence, au chevet de sa famille ? Il se dirigea vers le vestiaire pour voir si elle avait pris son sac. Depuis le fond du couloir, on entendait les machines à laver qui turbinaient inlassablement. La porte était entrebâillée. D'un geste sûr, il poussa le battant.

— Putri !, s'exclama-t-il.

La jeune femme gisait à même le sol, inconsciente. De ses narines s'écoulait un filet de sang rouge. Kevin présuma qu'elle s'était cognée en tombant. Il s'approcha du corps et la redressa, en passant le bras sous son buste. Tout son corps irradiait d'une chaleur anormale.

— Un médecin !, s'écria-t-il. Appelez un médecin !

Du mauvais côté de la rivière, les colonies de mouches entraient et sortaient impunément des masures de tôle. A l'intérieur, des corps tachetés de rouge baignaient dans leurs propres déjections.

*

Elderberry Hill

Il avait été décidé qu'il n'y aurait pas de femmes à bord. L'objectif de la retraite n'était pas de pérenniser l'espèce, mais d'attendre à l'abri, que l'horizon s'éclaircisse. Une ou plusieurs femmes auraient inexorablement influé sur les taux de testostérone des mâles et fatalement, des dissensions dangereusement émotionnelles, auraient desserré les rangs. Des altercations étaient inévitables, mais les querelles du quotidien étaient cent fois moins dévastatrices que les combats libidinaux. Tous avaient approuvé, quelle que soit leur inclination.

D'obédiences diverses bien que conciliables, les neuf s'accordaient sur une perception commune du destin. La mission qu'ils s'étaient donnée et l'interprétation des événements qui les y avaient conduits, ne constituaient pas à proprement parler une religion, seulement la preuve que le sens des textes auxquels ils croyaient, convergeait vers une direction unique : ils étaient nés pour construire ce pont qui ouvrirait la voie à l'Übermensch.

Numéro un avait été le pionnier du mouvement. Pendant des années, il avait soigneusement observé les candidats potentiels et tenté des approches prudentes. Propulsé sur le devant de la scène du fait de ses propos acerbes à l'encontre de Monevil et de l'indécence humaine, numéro sept avait été sa première recrue. A son tour, Lindström était apparu comme une évidence, étendard flottant au gré de ses publications misanthropes. A trois, ils avaient créé un jury, auquel chacun soumettait les curriculums vitae de ses poulains. Numéro un avait embringué l'allemand et l'italien, les affaires d'Etat les ayant rapprochés au point de développer une connivence, de divulguer des idées... Neuf et quatre avaient collaboré sur plusieurs programmes, au cours desquels le suédois avait pu juger des désillusions meurtrières de son collègue. Il en avait profité pour lui insuffler les préceptes de la corporation et obtenir son élection, au conseil suivant. Deux, avait été proposé par sept, sur dossier. Les deux hommes ne se connaissaient pas, mais deux occupait un poste clef et certaines opinions qu'il avait publiquement exprimées, laissaient à penser qu'il pourrait être infléchi. Numéro un l'avait préalablement envisagé. Lui, l'avait côtoyé et mesurait l'intérêt de son éventuel concours, mais deux était français... Finalement, un avait consenti à son intégration, qui ne posait de problème autre que sa nationalité, ennemie séculaire d'Albion la perfide. Numéro trois était à l'époque en poste à Berlin, où il dirigeait l'antenne locale américaine du NSOC (Centre d'opérations pour la sécurité nationale, branche du renseignement électronique), un héritage de la seconde guerre mondiale. Des installations qui n'avaient plus lieu d'être, mais qui persistaient, par habitude ou nostalgie. Trois et huit, de par leurs responsabilités respectives et l'observance des droits de leurs territoires, étaient amenés à se fréquenter. Leur concorde évidente avait repoussé les frontières des conversations protocolaires et trois était entré dans le cercle.

L'histoire de cinq avait suscité d'emblée les réticences de numéro un. Le russe n'avait pas été introduit par un membre de la corporation. Il avait assisté à une conférence subversive de Lindström et s'était arrangé pour le rencontrer en privé. A cette occasion, il avait eu le culot de plaider ouvertement sa cause. Après maintes discussions houleuses, il avait été convenu qu'il valait mieux compter parmi ses alliés un individu de cet ordre, plutôt que de convertir sa frustration en bombe à retardement. Depuis ce jour, des règles de communication extrêmement strictes avaient été mises en place, afin d'empêcher recoupements et inférences. Pour réussir, l'organisation devait rester secrète et très ironiquement, les compétences de numéro cinq sur ces aspects délicats, s'étaient avérées précieuses.

Les noms et prénoms avaient été proscrits et remplacés par des numéros, correspondant non pas à la chronologie des incorporations, mais au chapitre du protocole sous le commandement du concerné. Les acteurs de l'ombre, désignés par une lettre grecque et un numéro en fonction de leur importance, étaient activés et désactivés à leur insu, à une exception près.

— Vous pouvez lui retirer son bandeau, autorisa numéro un, lorsqu'ils furent rassemblés dans la salle de conférence.

Alpha1 contempla les lieux et ses occupants, éberlué.

— Mazette, c'est le grand luxe ici ! Et vous êtes plus nombreux que je ne l'imaginais !

— Bonjour Monsieur Godivaud. Bienvenu à Elderberry Hill. Vous avez été un membre particulièrement actif dans la construction de notre projet et neuf ne tarit pas d'éloges sur vos initiatives et convictions.

— Tout à fait. Je ne maîtrise pas les petits détails mais dans les grandes lignes, j'adore, j'adhère !

— Votre zèle vous a valu un billet d'entrée pour le bunker et vous avez dès aujourd'hui, la possibilité de rejoindre la corporation.

— Je signe où ?

— Patience. Votre décision devra être définitive, irrévocable. En conséquence, nous allons vous exposer les tenants et aboutissants du protocole, afin que vous puissiez vous prononcer, en votre âme et conscience.

— En acceptant l'invitation du docteur Lindström, je connaissais la contrepartie. En tant qu'activistes clandestins vous me permettriez peut-être de repartir, mais les pieds devant ! J'ai par conséquent adopté votre parti pris, sinon je ne serais pas ici.

— Et ce, sans savoir au juste de quoi il retourne ?, s'enquit numéro quatre, pragmatique.

— Laissez-moi deviner...

Karl singea la réflexion en caressant sa barbichette, les yeux au ciel. La provocation évidente de son attitude amusa numéro cinq, assez proche lui-même du personnage.

— Lorsque les travaux sur la myéline ont porté concrètement leurs fruits, vous avez placé à la tête de l'équipe française, la plus avancée, un pantin pontifiant et vénal, qui vous servirait de fusible, au moment voulu. Après les premiers tests, vous vous êtes arrangés pour insérer dans la formule, l'inhibiteur de la protéine Nogo. A l'époque, j'avais été surpris par la rapidité de la procédure et je commençais à me poser des questions. Et puis il y a eu les premiers « dérapages », l'assassinat de ce gommeux de Monségur, l'insurrection de cet abruti de Beauchamp et surtout, pour le coup, la lenteur de réaction de l'ANSM. Vu l'épaisseur du dossier, il était inenvisageable, sans une intervention extérieure velue, que l'interdiction du médicament traîne à ce point… Tout était suspect, y compris la com. particulièrement pauvre sur le sujet et les media, aaah les media ! Ces rapaces qui se jettent sur la moindre charogne, auraient dû faire leurs choux gras avec un truc pareil, mais rien ! C'est là que je me suis dit qu'il devait y avoir du solide derrière tout ça, du cador infiltré partout, mais dans quel but ? Pis au fil de mes vadrouilles obscures sur le net, je suis tombé par hasard, ou pas d'ailleurs, sur l'excellent discours du grand docteur Lindström au trente-quatrième congrès international de Rome et bingo, illumination ! Quand vous avez mentionné Nietzsche et les prophéties de Zarathoustra, *« l'homme actuel est un pont, un passage et un déclin, dont l'unique but serait d'ouvrir la voie à un être imperfectible, un Surhomme, adapté et salutaire »*, j'ai compris que votre objet était de *fabriquer* le Surhomme, grâce au myélisox.

— Et vous avez alors volontairement participé à l'effort collectif, compléta numéro cinq.

— Voui ! Je savais que la formule avait « fuité » en Chine et qu'elle se répandrait tranquille. Pas besoin d'intervenir de ce côté-là. En fait, à peu près tout le monde était arrosé.

— Hormis le Japon, continua l'espion russe.

— Exactement ! Alors j'ai pris ma musette et j'ai été leur

refourguer, moyennant une poignée de kopecks, pour être crédible.

— Et maintenant ?, reprit numéro un.

Déconcerté par la question, Karl se tut, le temps de préparer une réponse percutante.

— Ce n'est pas gagné, c'est sûr. Mais cette première mouture est prometteuse : le quatrième cerveau, la communication par ondes radioélectriques etc... C'est un excellent début ! Les mutants ne l'ont pas emporté cette fois, parce qu'ils sont encore perfectibles. Je suppute que si nous sommes réunis ici, c'est pour travailler sur la prochaine génération ?

— Pas exactement, non.

Godivaud observa bouche bée les rictus sur les visages de ses interlocuteurs, quand un vacarme infernal fit trembler les murs. Le bunker s'enfouissait dans sa coque souterraine.

— Messieurs, il ne nous reste plus qu'à attendre, à présent.

Qu'avait-il bien pu lui échapper ?

*

Edward

Une douleur atroce dans la poitrine tira Edward du semi-coma dans lequel il était plongé depuis la veille. Terriblement affaibli, il tenta de se redresser, en vain. Autour de lui, des appareillages métalliques, des plastiques transparents et un remugle infâme de désinfectant mélangé de vieux vomi, lui indiquaient qu'on l'avait transporté à l'hôpital. A un moment, il ne se souvenait plus exactement quand, il avait été terrassé par une fièvre dantesque. En pilotage automatique, il était parvenu à rentrer chez lui par le métro. Les quintes de toux qui l'avaient secoué pendant le trajet, avaient attiré sur lui pléthore de réflexions désobligeantes et de regards en coin. Une nouvelle coutume s'était installée au Royaume-Uni, suite aux vagues successives d'épidémies virales : les personnes atteintes de quelque virus que ce soit, devaient se promener avec un masque, afin de protéger leurs concitoyens. Edward appliquait cette règle sans rechigner, sauf que cette fois il n'avait pas eu le temps de réagir. La fièvre était apparue aussi brusquement que la toux, en quelques heures à peine.

Soudain, une extra-terrestre en scaphandrier blanc, avec une grosse tête ronde et un respirateur bruyant, entra dans son cagibi calfeutré.

— Bonjour Mr Leak. Je ne vais pas vous embêter longtemps, car je devine à quel point c'est exténuant.

Edward se demanda : « quoi, qu'est-ce qui est exténuant ? De quoi parle cet engin ? »

— A quand remontent vos symptômes ?

Avec un effort surhumain, il mobilisa le peu de souffle disponible et chuchota :

— Je ne sais pas. Quand suis-je arrivé ici ?

— Hier soir.

— Alors cela doit faire deux jours.

— Avez-vous pris les transports en commun ?

— Oui bien sûr. Pour aller au travail et en revenir.

Ses poumons le torturaient, mais il se faisait un devoir de répondre aux questions de la vénusienne.

— Combien de personnes avez-vous croisées ?

La question lui parut complètement stupide. Comment pouvait-il compter le nombre délirant de personnes croisées quotidiennement au travail, dans le métro, au supermarché ?

— J'n'en sais rien. Des centaines, peut-être davantage. Mais pourquoi me posez-vous toutes ces questions ? Qu'est-ce qui m'arrive ?

— Vous avez contracté une forme particulièrement agressive de peste pulmonaire.

— Quoi ! Mais comment ?

— Nous n'avons pas encore identifié le patient zéro. Nous savons par contre que l'épidémie s'est d'abord déclenchée en Inde et qu'elle a été introduite au Royaume-Uni, par un voyageur.

— Mais des centaines de gens vont et viennent d'Inde, avec les accords privilégiés entre nos deux pays…

— Précisément... Vous-même, vous y êtes-vous rendu

récemment ?

— Non.

— Quelle ligne de métro empruntez-vous ?

— Bakerloo. Je trav...

Une toux sépulcrale, morbide, s'empara de son corps fébrile, sous le regard consterné de la vénusienne, qui lui injecta une dose de morphine. S'il ne pouvait être sauvé, au moins se devait-elle d'atténuer ses souffrances.

— Je trav...aille juste à côté de la BBC, murmura-t-il dans un ultime sursaut avant de s'évanouir.

*

Irvine

Rodolphe était sorti de sa chambre et avait surpris son frère adoptif, en train de bricoler un sac de randonnée.

— Qu'est-ce que tu fabriques ?

— C'est pour emmener mes chats.

— Pourquoi tu veux les emmener ?

— Parce que je dois partir.

— Pourquoi tu dois partir ? Je te prête ma « playstation » !

Irvine s'approcha de l'adolescent et apposa doucement son poing sur sa joue, en signe de complicité.

— Ils m'appellent.

— Qui ça ?

— Mes amis. Tu sais, je t'en ai parlé.

— Et moi je ne suis pas ton ami ?

— Bien sûr que si, mais toi tu es libre et eux ils sont en prison.

— Ça se peut pas.

— Qu'est-ce qui se peut pas ?

— Qu'ils t'appellent, s'ils sont en prison.

Irvine se mit à rigoler gentiment. La candeur de Rodolphe l'amusait.

— Non, mais ils ne m'appellent pas avec un téléphone !

— Avec quoi alors ?

— Ils m'appellent dans ma tête.

— Ça, ça se peut encore moins ! Tu les entends parce que tu es schizophrène.

— Non, non, je t'assure, je les *vois* en train de m'appeler. Il y a Mirabeau et deux de ceux qui sont venus me délivrer, à Henri Colin. C'est à mon tour de les aider.

— Je peux garder les chats pour quand tu reviendras ?

Le jeune garçon baissa les yeux. Il ne voulait pas attrister Rodolphe, mais il savait que s'il les retrouvait, il demeurerait avec les bannis. Nulle part autre qu'avec eux avait-il ressenti une telle sensation : vivre, libre. Le pire aurait été le mensonge. On ne trahissait pas ses frères.

— Si je parviens à les libérer, je ne reviendrai pas. Ils sont ma famille.

— Et moi ? Je ne compte pas ?

— Evidemment que si ! Je pourrai venir te voir…

— Non. Je préfère t'accompagner.

— C'est dangereux, tu sais.

— Ce n'est pas grave. Je ne veux pas rester ici tout seul.

— Tu n'es pas tout seul, il y a ta tante et puis tes parents vont revenir.

— Non. Sidonie et Cyril vont mourir.

Les parents de Rodolphe s'étaient offerts une semaine au Sri Lanka, pour célébrer leur quinzième anniversaire de mariage. La veille de leur retour, le gouvernement indien, désarmé devant l'expansion fulgurante de l'épidémie de peste qui sévissait sur son territoire, s'était enfin décidé à prévenir les autorités mondiales. Avinash, le commerçant de Mumbai, avait eu la malchance de percer un bubon, en éclatant à coups de batte le crâne du zombie enfoui sous les décombres de sa boutique. C'est de cette manière qu'il avait inhalé des milliards de yersinia pestis et contracté la version pulmonaire du mal, à la transmissibilité implacable. La déclaration auprès de l'O.M.S était obligatoire au premier cas recensé, mais le désastre économique qu'avait entraîné le cataclysme myélisox, dont on venait à peine de se débarrasser, avait conduit le gouvernement à falsifier les données. Si le tourisme, les transactions commerciales et sources subsidiaires de lucre étaient encore interrompus, ce serait la faillite du pays. Sept jours plus tard, il ne s'agissait plus de craindre un effondrement financier, mais la disparition d'un pourcentage exponentiel de la population. En outre, le saccage des hôpitaux par les mutants et la situation sanitaire résultante, induisaient un recours d'urgence à l'aide internationale.

Lorsque l'O.M.S avait publié ses recommandations, l'Angleterre, le Sri Lanka, le Pakistan, le Bangladesh, les Emirats, la Chine ainsi que les Etats-Unis, les partenaires privilégiés de l'Inde, signalaient eux aussi leurs premiers cas. Dans l'avion, Cyril avait développé une forte fièvre. Sur le tarmac, un bus attendait les passagers. Tous avaient été placés en quarantaine.

— Si tu es sûr de toi, c’est d'accord.

— Je suis sûr et certain !

— Bon, alors dégote-toi un sac et mets des affaires dedans. Juste ce qu'il faut, sinon ce sera trop lourd.

— Je porterai des chats aussi ?

— Comme tu veux.

— Pourquoi ils ne marchent pas cette fois ? Tu disais qu'ils te suivaient partout.

— Parce que c'est trop loin où on va. Il faut prendre le train.

A ce moment précis, Rodolphe crut distinguer le visage de Gaël, comme si ce dernier approuvait sa décision de partir.

*

Insoluble. On avait cru que les attaques virales successives, presque annuelles, avaient permis de rôder les foules, de maintenir les stocks de matériel à flot, mais ce que l'on n'avait pas prévu, c'était la désorganisation. Une épidémie de peste n'était pas une bonne nouvelle en soi. Sa version pulmonaire encore moins : excessivement contagieuse et virulente, elle aurait été difficile à contenir en conditions normales, alors juste après une invasion de mutants... La pression économique avait fait perdre une semaine à l'O.M.S, un laps de temps considérable. Le patient zéro, en ne comptabilisant que celui-là, était commerçant et par voie de conséquence, en contact avec beaucoup de gens. S'il n'avait croisé que dix personnes le premier jour et chacune d'entre elles dix autres à son tour, au bout de sept jours, dix millions d'individus auraient été exposés à une bactérie transmissible par air. Sans protection ni précaution, la probabilité de contamination frôlait les 98%, c'est à dire neuf millions huit-cent-mille personnes. Neuf milliards huit-cent millions en dix jours : la planète entière, grâce à la libre circulation des malades dans le monde.

Les recommandations de conduite avaient été édictées partout en Europe quelques heures après l'annonce des premiers cas, ce, en dépit du départ mystérieux de plusieurs éléments clefs des Etats en alerte : James Taylor, le Home Secretary du Royaume-Uni, Adriano Allosi, le ministre de la protection du territoire italien, Lukas Heisenschaft, le ministre des affaires étrangères allemand et Hugo Mai, le secrétaire général à la défense français. La distribution des masques anti-gouttelettes et des équipements de protection avait demandé deux journées. Une réactivité exemplaire dans l'absolu, surtout au regard du manque d'effectifs, une catastrophe sanitaire dans les faits. Le temps que les symptômes ne révèlent l'évidence, sept millions de personnes avaient été infectées en Europe, autant au Moyen-Orient, onze millions aux Etats-Unis et un nombre incalculable en Asie.

La France, à l'instar des nations concernées, avait chargé au maximum les hôpitaux qui restaient fonctionnels, malgré les incursions stratégiques des mutants. L'intégralité du réseau avait été saturée en deux jours. Les stocks d'antibiotiques, largement ponctionnés pour soigner civils et militaires blessés aux récents combats, semblaient dérisoires face aux monceaux de patients en croissance constante. Le taux de mortalité atteignait soixante-douze pour cent et ne cessait d'augmenter.

Fuir, mais où ? Le premier réflexe avait été de se réfugier dans les campagnes reculées. Sauf que le gouvernement avait anticipé l'exode. L'armée à peine remise, avait repris du service et érigé des barrages sur les routes principales du pays, espérant à tout le moins, ralentir la propagation du fléau. Cela n'avait pas suffi, bien entendu. Il avait fallu que les soldats se mettent en chasse des petits malins qui empruntaient les chemins de traverse, les voies communales, jusqu'aux sentiers forestiers... La terreur accouchait de créatifs insoupçonnés.

Les forces de l'ordre avaient subi de lourdes pertes contre les bannis. Dès lors, il était impensable de tisser un maillage assez serré pour piéger la totalité des contrevenants, qui eux, ne semblaient pas avoir périclité. En quelques jours, la police et l'armée avaient été débordées et on avait donné l'ordre de tirer à vue. Les menaces d'amendes n'avaient dissuadé personne.

Certains étaient passés. Contaminés ou non. Désespérés. Si bien que le mal avait fait des petits partout, au milieu des pâtures verdoyantes et des bois sauvages. Plus un arpent n'était épargné et la hantise médiévale qu'inspirait la pandémie, avait précipité la reddition de soignants, déjà usés par la précédente calamité. Une moitié de la planète tombait de fièvre pesteuse tandis que l'autre, aux abois, adjoignait choléra et typhoïde à la malédiction. Les ressources humaines, médicamenteuses du globe étaient épuisées, les productions impossibles, faute de volontaires d'abord, de survivants ensuite et de matières premières. Ce qui subsistait des structures médicales érigées en urgence, dégorgeait de cadavres fétides et contagieux.

Le spectacle de la débâcle était édifiant. On voyait des familles à pieds, traversant les champs la nuit pour ne pas se faire surprendre par les HK416, des réfractaires à l'autorité, des fouteurs de merde, qui lançaient des bombes artisanales sur les soldats pour forcer les barrages, des crétins sans scrupules qui croyaient au nouvel El Dorado en pillant les magasins et les habitations désertées...

Paul avait senti le vent venir. Quelques heures avant l'allocution du président, il avait plié les gaules et jugé que c'était le moment d'aller rendre visite à son cher neveu, larguant du même coup une petite amie devenue plus encombrante qu'utile.

Lorsqu'il avait débarqué en pleine nuit, la bouche en cœur à la ferme, Erwan n'avait pas eu le cran de le mettre dehors. Tonton squattait à l'aise depuis une semaine, quand une fièvre suspecte s'était emparée d'Emilie. Il avait alors préféré « ne pas déranger » et avait pris la poudre d'escampette, emportant dans ses bagages, sa colonie de yersinia pestis. Paul était porteur sain. La vie est injuste.

Daphné avait refusé de partir, malgré l'insistance et le plan parfaitement ficelé de son époux. La culpabilité avait fini par vriller ses sens et sa lucidité. Une forme de dépression obsessionnelle, paranoïaque, l'avait peu à peu transfigurée, au grand dam de Batiste qui avait abdiqué. Quand la toux l'avait pris et que ses symptômes ne lui avaient plus laissé de doutes, il avait fait boire à sa femme une décoction de sa facture, qui panserait à jamais leurs plaies béantes. En aucun cas il ne l'aurait abandonnée derrière lui.

Barricadé dans son appartement, avec toutes les denrées qu'il avait pu accumuler avant que sortir de chez soi ne devienne trop périlleux, Louis Beauchamp avait organisé un rationnement méticuleux. En s'y tenant strictement, il tiendrait neuf semaines, dix avec un peu de chance…

Henri avait fait preuve d'autorité. Comme toujours me direz-vous. Il avait vite emballé son fragile moineau et ses malles, embarqué le tout dans un avion privé, avec laissez-passer pour les îles Féroé. Justine aurait préféré les Baléares ou les Canaries, s'il fallait absolument rester en Europe. Henri n'avait pas relevé. L'espoir qu'il avait caressé de revoir son fils lui avait été arraché au décollage, comme la racine de gentiane des entrailles de la Terre.

*

Irvine, Rodolphe

Au milieu de l'invraisemblable chambardement, deux gamins évoluaient en contresens. Ils ne suivaient pas la cohue vers un hypothétique sanctuaire rural, mais traversaient la banlieue. Sac de rando entrouverts, d'où affleuraient des museaux curieux, il leur avait fallu trois jours pour parcourir sans encombre, les trente kilomètres qui les séparaient de l'institut. Les métros, les bus ne circulaient plus. Ils avaient dû couvrir la distance à pieds, principalement la nuit, en se cachant des fuyards enragés. Irvine avait conservé les automatismes de la communauté. La manœuvre avait payé. Pour la nourriture, les choses s'étaient avérées plus compliquées, surtout à cause des manies dont le myélisox n'avait pas entièrement dépourvu Rodolphe. Une fois la réserve de twinks avalée, Irvine avait dû dénicher un substitut acceptable, et cela n'avait pas été du gâteau.

L'institut, comme la plupart des bâtiments publics, était silencieux. Personne à la barrière, ni à l'entrée. Les portes n'étaient même pas verrouillées. N'importe qui aurait pu pénétrer dans ce temple de la bio-recherche militaire. Et pour quoi faire ? Combien cotaient aujourd'hui les secrets d'un Etat écroulé ?

— Maintenant écoute-moi attentivement : ne t'approche pas des gens, même s'ils ont l'air morts. Reste derrière moi et ne t'éloigne sous aucun prétexte.

Rodolphe contracta ses traits, en proie à ses angoisses.

— Ne t'inquiète pas frérot, ça va bien se passer. T'as fait le plus dur dehors et tu t'en es sorti comme un chef, pas vrai ?

De deux ans son aîné, l'adolescent obéissait néanmoins aux ordres d'Irvine, dont l'expérience de la vie était incontestablement supérieure à la sienne. Cette logique mathématique lui permettait d'accorder sa confiance à son frère adoptif et d'apaiser par ce biais son anxiété latente. Il hocha la tête et les deux garçons se mirent à explorer prudemment les lieux.

— Ils sont en bas.

— Je pense que tu as raison.

Au début, le jeune autiste était convaincu que les voies qu'Irvine percevait, étaient la conséquence de sa psychose mal contrôlée, sauf que depuis qu'ils étaient partis, des images de plus en plus nettes de visages s'imposaient à sa propre conscience : celui de Gaël en particulier. Or tous ceux qu'il visualisait, avaient participé avec lui au premier protocole myélisox et Rodolphe ne croyait pas aux coïncidences.

Une porte claqua. Les garçons sursautèrent. Ils patientèrent une seconde. Rien. Un courant d'air sans doute.

Précautionneusement, ils descendirent les escaliers qui conduisaient aux sous-sols.

— Oh pétard !, s'exclama Irvine qui ouvrait la marche.

— Qu'est-ce qu'il y a ?, s'enquit Rodolphe inquiet.

— Là, en bas, on dirait un cadavre. Viens, on va chercher un truc.

— Quoi ?

— Une barre, un truc, n'importe quoi qui puisse nous servir d'arme.

— Ah, OK.

Retraçant leurs pas, ils investirent un bureau.

— Y a rien là-dedans !

— Si, là.

Rodolphe pointait un massicot du doigt.

— Si j'immobilise le plateau avec mon poids et que toi tu tires vers le haut, on devrait parvenir à désolidariser les morceaux.

Rodolphe utilisait un vocabulaire précis pour s'exprimer. Il ne supportait pas les aléas de la communication. Irvine y était habitué. Il savait aussi que l'adolescent commettait peu d'erreurs lorsqu'il était question de technique, ou de mécanique. Exécutant les consignes à la lettre, il se retrouva bientôt avec une machette improvisée dans les mains.

— Parfait ! Il faut t'équiper toi, maintenant.

— Nous allons reproduire le même enchaînement avec cette

table. Si ce n'est que cette fois, c'est toi qui l'immobiliseras sur l'envers avec ton poids et moi qui donnerai des coups, pour faire céder l'un des pieds. J'ai plus de force que toi.

Chacun muni de son arme, ils retournèrent aux escaliers. Du bout de sa machette, Irvine bouscula le corps qui ne bougea pas.

— Il est mort. Ne le touche pas. Il est peut-être contagieux.

Au fond du couloir, dans la salle blanche, deux soldats entrelacés semblaient célébrer leur fraternité.

— Ils n'ont pas l'air malade, constata Irvine en les observant par la baie vitrée.

— Non. On dirait plutôt qu'ils ont été exécutés. Regarde !

Rodolphe désignait une blessure au front de celui du dessous et la traînée de sang qui s'en était écoulée, quand soudain, un coup puissant retentit derrière eux, accélérant leur rythme cardiaque à leur en faire exploser la poitrine. Les garçons firent volte-face et devant eux, des mains tapaient sur le verre blindé :

— C'est eux !, s'exclama Irvine triomphant.

Il se précipita pour ouvrir, mais la porte ne céda pas.

— C'est fermé !

— Pousse-toi.

D'un coup de pied de table, Rodolphe fit voler le boîtier

de commandes en éclats. Le schéma électrique récapitulé dans son esprit, il mit deux fils en contact et créa un court-circuit, qui déverrouilla instantanément la porte.

— Waaa, tu sais faire des trucs de fou toi !

L'adolescent aimait la technologie. Sa curiosité insatiable l'avait amené à engranger un savoir foisonnant, qu'il avait enfin l'occasion d'éprouver en situation réelle. La porte glissa sur le côté et les mutants sortirent un a un, quand tout à coup Rodolphe fut pris de panique : les transformés mangeaient les humains et lui n'était pas leur ami.

— Mais qu'est-ce qui te prend ?

— Je ne peux pas rester là, ils vont m'égorger !

Irvine lui attrapa la main et avança vers Joséphine en tête de file. Les yeux noirs, terrifiants de la mutante scrutèrent le jeune autiste quelques secondes, puis elle s'effaça sur le côté, imitée par Gaël, Auguste, Erika et Noé.

— Tu vois ? Tu ne crains rien.

Il lâcha la main de son frère adoptif, pas complètement rassuré et interrogea les bannis du regard : où était Mirabeau ? Amandine ?, et se rua à l'intérieur. Assis par terre, aux côtés des restes de la petite fille, Mirabeau le fixa de ses prunelles inertes.

— Elle ne peut plus venir avec nous, c'est ça ?

Amandine ne ressemblait plus à celle qu'elle avait été. Sa

figure momifiée, ses orbites caverneuses, son allure d'écorchée, dont la peau nécrosée se déchirait en lambeaux, appelaient à l'aide. Elle ne souffrait pas, mais sa subsistance dans cet état, n'avait aucun sens. Irvine s'accroupit auprès d'eux et ouvrit son sac-à-dos. En reniflant l'odeur, les chats se mirent à cracher. Même Aristide ne reconnaissait plus sa maîtresse. Irvine aurait voulu qu'il lui dise au revoir, mais Amandine avait disparu depuis longtemps déjà. Il se leva en tentant de retenir ses larmes et d'un geste franc, fendit le crâne de la fillette délivrée.

Erika tourna la tête vers Auguste qui se tourna vers Gaël et les bannis se mirent en marche.

*

EPILOGUE

Le silence.

Le silence était la première chose qui frappait, lorsque l'oreille forgée à coups de nuisances sonores, redécouvrait ce monde transfiguré. Il n'y avait qu'à attendre, la conque en éveil, que l'ouïe repolie perçoive les milliers de voix, dont on n'écoutait plus jadis le râle, étouffé par les moteurs, les glapissements des jeanfoutres et les boums-boums harassants. Alors s'élevaient dans l'air le discours des vents, grondant la pluie parce qu'elle tombait en retard, les copulations débridées des batraciens, maintenant que les engins puants à deux ou quatre roues ne massacraient plus les mares, le murmure des buissons frétillants, les tirades amoureuses, les chants d'oiseaux, mirlitons du ciel et harpes ondines… La vie.

Et puis venait l'odeur. Une odeur inédite, indescriptible, choquante, parce que tellement éloignée des souvenirs, du familier qui conforte. Ça sentait le vert, les essences résineuses, la pourriture noble, le sel par endroit, les fleurs sucrées, que sais-je, la terre. Plus un atome de pétrole ou de ses avortons, de clope, de remontées d'égouts, d'engrais, de sulfates en tous genres, de pollueurs chimiques, d'arrogance ni de futilités humaines.

Liberté, vitalité, sérénité. La toute-puissance de la nature restituée. Une débauche de couleurs vibrantes. Plus de gris. Rien que des traces du béton d'antan, verdi sous les mousses et les lichens gorgés d'oxygène. Quelques taches bleues çà et là : les masques anti-pesteux, jetés sans vergogne dans les parcs et les bois, la promenade achevée, puisqu'ils ne resserviraient pas. La nature poubelle finirait par les digérer eux aussi, tout comme les plastiques, dont l'invasion avait enfin cessé. Les ruisseaux, clairs comme des miroirs, étincelaient déjà du reflet des truites reparues. Il avait suffi de quatre saisons.

Pendant tout ce temps, le grand Mattéo avait vécu chichement, dans sa cabane paumée aux confins de son maquis, un coin escarpé, inaccessible au commun des mortels. Il en avait vu passer quelques-uns, très peu. Surtout, surtout, il les avait aidés à poursuivre leur chemin. La compagnie ne lui avait pas manqué. Il s'accordait parfaitement avec son chien. Les animaux n'avaient de bestial que leur part d'humanité. L'été était revenu, sans les clameurs des touristes en mal d'absolution, qui expiaient leurs péchés citadins sur les pistes tortueuses du GR20.

Ce matin, la garrigue se parait de ses charmes bleutés. Le soleil, ténu à cette heure, illuminait doucement le halo humide des évaporations nocturnes. Le thym, la lavande sauvages, emplissaient les narines de bonheur, un bonheur véritable, fragile, qui avait failli s'évanouir. L'ex-commissaire entrebâilla la fenêtre pour inviter la fraîcheur à l'intérieur et surprit le chant répété, bref, typique qui le saluait du haut d'un pin laricio : une sittelle rondelette, si discrète naguère. De la cime, virevoltèrent joyeusement un couple d'oiseaux à la tête de clown, rouge vif autour des yeux, une collerette blanche ceinte de noir et pour parfaire le tout, une pointe de jaune éclatant sur les ailes. Le chardonneret élégant faisait son retour en fanfare.

Le moment était venu de descendre au village. Bâton en main, Edgar se tortillant d'avant en arrière, guilleret comme un simple, ils traversèrent les taillis pour rattraper le sentier en contrebas. Depuis la falaise, on aurait aperçu autrefois les fourmis besogneuses, qui s'affairaient dans les ruelles de Pastricciola. Aujourd'hui, une immobilité ouateuse livrait à la postérité une habile nature morte.

Au beau milieu de la petite place ensoleillée, assise sur un banc, la vieille Ariela appuyée sur sa canne, radotait gentiment.

— Alors tu t'en es sortie ?, s'enquit Mattéo Laplace en s'asseyant à côté d'elle.

— Toi aussi le mélangé à ce que je vois, répondit-elle, comme si sa présence ne l'étonnait guère. La chance n'a souri qu'aux proscrits cette fois.

Le père de Mattéo était français, une souillure qui viciait son sang.

— On dirait bien.

— Saveria l'avait prédit.

— Quoi donc ?

— Que je vivrais centenaire. Elle l'avait lu dans les cartes.

— Alors tu es contente ?

— Je l'ai toujours été. Mon père disait que le secret du bonheur c'est de ne rien désirer, d'apprécier ce que l'on a. Il avait raison. Courir après des chimères rend les gens malheureux.

— Je vais reprendre la maison de ma mère.

— Tu fais bien. Elle est à toi, à présent.

— Je suis là, si tu as besoin.

— Va, zitellu. Va.

*

Elderberry Hill

L'ouverture du bunker avait été programmée un sept juillet, un an et sept jours après la fin estimée du protocole de régulation de l'espèce humaine.

« L'homme est une corde tendue entre la bête et le Surhomme. Ce qu'il y a de grand dans l'homme, c'est qu'il est un pont et non un but : ce que l'on peut aimer en l'homme, c'est qu'il est un passage et un déclin », ainsi parla Nietzsche. Les neuf avaient été ses émissaires, ceux qui devaient précipiter le sort de l'humanité avant qu'il ne soit trop tard, avant que ne se réalise le triste présage : « *Le sol un jour sera pauvre et stérile et aucun grand arbre ne pourra plus y croître. La Terre sera alors devenue plus petite, et sur elle sautillera le dernier homme, qui rapetisse tout.* ». De symbole interprétatif de l'être, en tant que création sans cesse renouvelée, la métaphore s'était commuée en vérité absolue. Les neuf et leur Alpha converti, ne s'y étaient pas trompés : le philosophe avait été l'instrument du destin, il en avait tenu la plume et écrit le message. Rompre avec l'entendement commun, celui de la convention, de l'acceptabilité proprette et exécuter le

commandement : homo sapiens dans son acception imparfaite devait s'effacer, une fois planté *« le germe de sa plus haute espérance »* et l'heure de contempler la nouvelle ère avait sonné.

Karl avait saisi les enjeux du protocole après quelques jours. Son cerveau avait bogué, court-circuité par la discordance entre l'évidence froide et l'amoralité des moyens : le choc des titans. Puis son moi acculé avait tranché, désactivant les ondes parasites en provenance du surmoi. S'il n'était pas conscient de la finalité du projet à l'époque, il n'en constituait pas moins l'élément qui avait favorisé de plein gré l'expansion des mutants. A combien se négociait la limite du pardonnable ? Une, deux, cent victimes ? Concourir à exterminer cent-quatre-vingt-dix-huit millions d'individus, Mao, Staline et Hitler réunis, était-il plus tolérable qu'un génocide total ? Bien sûr que non. Son équilibre cognitif, celui des extrémistes, avait donc décidé qu'il valait mieux pour sa santé mentale aller jusqu'au bout, revendiquer ses actes, plutôt que prétendre assumer des demi-mesures. Un mal pour un bien. L'ébauche à parfaire n'avait pas été expurgée juste pour se faire plaisir, que nenni, mais pour amorcer l'ascension de sa version suprême : l'Übermensch avec une majuscule, l'homo encore plus sapiens sapiens. En vrai, il n'avait rien éradiqué du tout, il avait seulement facilité un *remplacement.* Un mal pour un bien...

Une certaine appréhension teintée d'exaltation ébranlait les dix membres de la corporation. Qu'allaient-ils trouver dehors ? Des centaines de rescapés, prêts à tout pour un morceau de pain, ou le néant ? La bouche du bunker s'entrouvrit lentement sur le paysage, calme et tranquille. Les sureaux de la colline ployaient sous le poids des fruits écarlates, un festin pour la faune en plein essor. Josh, rebaptisé à sa requête « Nayati », « celui qui lutte » en cherokee, se remémora la recette du breuvage à base de baies de sureaux noirs et rouges héritée d'Onacona, une boisson sirupeuse contre les maux d'hiver, qui s'avérerait fort utile quand il serait là-bas.

Chacun égaré dans ses pensées, admirait la forêt sur le versant opposé. Dense, sombre, imposante, elle semblait vouloir conquérir les pâturages alentour. Les gigantesques soldats épineux tiraient la tête vers l'avant, grignotant du terrain, racine après racine. Des moutons échappés d'une étable paissaient les herbes folles, paisibles, indemnes, parce qu'il n'y avait pas eu d'exploitant pour les égorger et mettre ça sur le dos des loups. Plus d'homme, plus d'arnaque à l'assurance. Plus d'arnaque du tout en fait. Dans l'air, portés par les courants, flottaient les parfums du chaume, des épicéas et partout retentissait le vrombissement des bourdons, des abeilles, voletant de fleur en fleur pour récolter avant la pluie, pollens et nectars précieux. D'aucuns disaient que si apis venait à s'éteindre, elle entrainerait dans sa chute l'espèce humaine toute entière. Personne ne s'était demandé si l'inverse se vérifierait. Taylor réprima un vertige. La phobie des grands espaces, après tant d'années de perspectives étriquées.

— Combien ont survécu, à votre avis ?, s'enquit-il.

— Deux pour cent, à peu près. On a dû remonter le temps jusqu'à la révolution néolithique, avança Lindström.

— Ça c'est ce qu'on a calculé, mais en réalité ?

— Il n'y a qu'un moyen de le savoir : aller voir, suggéra Sokolov.

Sa vie durant, le russe avait été propulsé par un moteur à deux cylindres : la haine de son prochain et la soif de vengeance. Aucune preuve d'un altruisme authentique, pur, désintéressé, ne lui avait jamais été révélée, qui aurait pu lénifier la sentence. Pourtant il avait creusé, jusqu'à s'en arracher les ongles. D'abord il y avait eu la méfiance, suscitée par ses origines sociales et raciales, les deux jouant en sa défaveur quel que soit le parti pris, le mépris, puis les tentatives de récupérations obscures, le chantage, la répression, et enfin le coup de grâce, les arcanes entrevues dans les corridors du pouvoir avant de jeter l'éponge : l'escroquerie à grande échelle, le mal souverain, la politique au service des instincts incurablement vénaux… Peu lui importait le devenir, ces histoires de Surhomme. Ce qu'il avait voulu lui, c'était remporter la victoire, une victoire inouïe, incontestable, sur la lie humaine. Demain, il s'en irait parcourir le mausolée qu'était devenu le monde, jouir du dénouement de *son* intrigue, de *sa* duplicité, l'ironie ultime. Nayati avait perçu cette rancune morbide, cette gangrène qui le consumait à petit feu. En général il se laissait peu attendrir. Les gens, égoïstes et superficiels ne méritaient pas sa compassion, mais il voulait faire quelque chose pour celui-là, allez savoir pourquoi. Un reste de « charité désordonnée commence par autrui », sans doute…

— Je dois partir, moi aussi, annonça-t-il solennel, honorer la terre de mes ancêtres, réapprendre l'harmonie des anciens, l'adaptation à mère nature.

— Vous voulez vous rendre en Amérique ? Et comment vous-y prendrez-vous, sans moyen de locomotion ? A la nage ?, ironisa Heisenschaft.

— Moi, je peux vous y conduire.

Les regards se braquèrent sur Sokolov. Combien de lapins blancs recelait-il dans sa besace, celui-là ?

— J'ai mon brevet de navigation.

— Je savais que l'expérience vous tenterait : l'aventure, le danger, cela vous distraira de ces rancœurs incoercibles qui empoisonnent votre sève vitale.

Vassili plissa le front, dubitatif. Il émanait de l'américain une espèce de sympathie incongrue.

— Vous comptez faire de moi un homme meilleur ?

— Pas plus que de moi-même. Je n'ai pas la prétention de vous dicter votre conduite.

— Vous venez de le faire. Votre phrase sur l'harmonie démontre que vous pensez être sur le droit chemin, et que cette vie idéalisée pourrait infléchir mes attitudes.

— Je sais seulement que les tribus indiennes à leur apogée, ne portaient pas atteinte à la planète.

— Parce qu'elles étaient peu nombreuses. Autrement, elles en auraient épuisé les richesses tout autant.

— Et bien sur ce point je peux d'ores et déjà vous rassurer : nous ne sommes que deux et il y a peu de chances que nous nous reproduisions. Vous n'êtes pas du tout mon type !

La boutade détendit l'atmosphère. Même l'austère anglais ne put s'empêcher de sourire.

— Soit. Vous m'avez convaincu. Vous avez conscience néanmoins, que ce voyage implique que nous passions les mois à venir en tête-à-tête, sauf impromptu ?

— J'en trépigne d'impatience ! Café, enfin chicorée ? Il nous faut répertorier le matériel que nous allons devoir amasser en chemin.

Il attrapa Vassili cavalièrement par l'épaule et l'entraîna vers le réfectoire, suivi par les autres excepté Taylor, qui s'attarda un moment sur la colline, à l'affût des pépiements d'oisillons. Si le britannique comprenait les besoins d'évasion des caractères comme Sokolov, instables, insatiables, et les lubies d'un repentant animiste comme Moore, lui en revanche n'avait aucune envie de courir le globe. Il avait accompli sa mission et le quotidien routinier, ancré dans les petites tâches, celles qui assurent un lendemain contrit et humble, lui convenait parfaitement. Les combats qu'il avait menés étaient ceux de l'esprit, pas ceux de l'épée.

Rafaël Agusto l'ingénieur agronome était fait du même bois. Les espaces naturels autour du bunker lui offraient un terrain de jeu suffisant et si les choses venaient à s'envenimer pour une raison x ou y, Taylor et lui auraient à leur disposition une base performante où se retrancher.

— James et moi tiendrons la boutique en votre absence, annonça Agusto, des fois que la nostalgie du café le plus mauvais du siècle ne vous ramène par ici.

— James ? On s'appelle par son petit nom à présent ?, se moqua Allosi volontairement grivois.

— Une intimité toute monacale, mon cher ! Brother James... Je ne sais pas s'il appréciera, mais ça sonne pas mal... Qu'est-ce qu'il vous arrive Karl, vous m'avez l'air passablement contrarié ?

— Je constate que vous avez l'intention de lâcher la cause. Je suis affreusement déçu...

— Personne ne « lâche » quoi que ce soit. Notre besogne est simplement terminée.

— Comment ça terminée ? Il est où le Surhomme ?

— Nous le saurons en temps voulu, s'immisça le français. Nous n'avons pas la main sur cette partie du projet. Notre rôle se bornait à « dégager la voie » si je puis m'exprimer ainsi, du moins à accélérer le processus, car en tout état de cause, lorsque la Terre n'aurait plus produit assez, ou même plus produit du tout, *ils* auraient fini par se dévorer les uns les autres, inéluctablement...

— Ok sauf que de la même manière, m'est avis que si on laisse faire la providence, on n'est pas rendus !

— Rien ne nous empêche de continuer nos expérimentations, souffla Lindström.

Les yeux de Karl pétillèrent.

— Mais carrément ! En plus il doit y avoir des dizaines de labos qui n'attendent que nous !

— Tout doux mon ami. J'admire votre enthousiasme mais gardez-en pour la suite. Une recherche efficiente doit être planifiée, l'énergie canalisée. Nous ne sommes pas au bout de nos peines.
— Vos désirs sont des ordres, professeur !

Les liens entre Godivaud et Lindström s'étaient resserrés, grâce à l'acoquinement de facteurs cohésifs : la satisfaction que procurait au généticien l'admiration effrénée de son vassal et la déculpabilisation dont cette hiérarchisation gratifiait le second. Car dès lors, les actions du jeune chercheur découlaient non pas d'une volonté propre, mais d'une obédience éclairée. Un tissu complexe, indestructible, tant que le rapport de subordination persisterait.

Hugo Mai, le plus jeune après Karl, avait l'intention de se construire une existence. Il y avait dehors quelque part, une femme pour lui, il en était persuadé. Auparavant, son physique avantageux séduisait, mais ses bizarreries s'employaient immanquablement à effrayer les prétendantes. Cette fois, outre la restriction du panel de mâles disponibles, il avait une bonne rengaine : s'il avait survécu c'était justement *grâce* à ses spécificités. Dans un contexte où les repères étaient bouleversés, le systématisme analytique constituait une arme souveraine, capable de déjouer les pièges et d'identifier les recours possibles. Ce qui avait été handicap deviendrait atout. Il était sûr de réussir.

— Et où irez-vous la dénicher, votre dulcinée ?, se renseigna

Heisenschaft.

— Pas en France, en tout cas. Les françaises sont trop compliquées. J'en ai amplement soupé !

— D'ici, l'Italie n'est pas plus loin. Pourquoi pas la Toscane, en ce cas ? Pour ma part je rêverais d'y couler une retraite heureuse.

— Pourquoi pas, en effet ? C'est une jolie contrée il paraît.

— Merveilleuse, confirma Adriano Allosi. J'y possédais jadis, une résidence secondaire absolument décadente ! Si ma demeure a été épargnée, vous êtes les bienvenus.

— Autrement, nous en squatterons un autre ! Cela me rappellera mes errances autrichiennes. Et vous Van der Elst, quels sont vos plans ?

— La dolce vita d'antan m'aurait sans doute tenté.

— Mais ?

— Qu'en est-il aujourd'hui ? Je n'ai jamais été un grand téméraire et j'admets volontiers que l'inconnu me fait peur.

— Pourquoi ne pas rester en ce cas, brother Erwin ? Je ne sais pas comment on dit « frère » en hollandais.

— Broer.

— Ah… On va garder « brother », alors !

*

La communauté

Une pluie orageuse, inhabituelle pour la saison telle qu'on la concevait jadis, s'était installée sur la région. Tant mieux, il fallait de l'eau se dit Irvine, inquiet ces derniers jours pour les réserves. Les gelées de brumaire appartenaient désormais à la légende. Avant le cataclysme, on n'en avait plus recensé depuis cinq ans, même à Aurillac ou à Langres, les campagnes les plus froides de France. Fin octobre, les températures moyennes tutoyaient les vingt-cinq degrés, invitant les orages d'été à prolonger leurs vacances. Irvine contemplait les gouttes, dont la vigueur faisait danser les feuillages du potager assoiffé. Le souvenir de son grand-père à ses côtés, il avait défriché au printemps une petite parcelle et planté les légumes qu'il boudait autrefois : des haricots, des carottes, des petits pois, des tomates. Les petits pois avaient été un échec, on n'avait pu récolter que quelques grains grouillants de vers blancs dégoûtants. Les tomates en revanche donnaient encore. Elles avaient un goût incroyable, presque sucré. On les croquait comme ça, sans ajouter ni sel ni poivre pour compenser une saveur absente.

— Amandine, non !, s'écria Rodolphe. Il ne faut pas gaspiller la nourriture !

La fillette observa l'adolescent de ses prunelles d'ébène, impénétrables et recracha sa purée en poussant avec la langue.

— Parle-lui dans tes pensées, elle obéit mieux comme ça.

— Je sais, répondit Rodolphe consterné, mais je n'y arrive pas aussi bien que toi !

A force d'entraînement, Irvine était parvenu à apprivoiser les talents dont le myélisox l'avait partiellement doté.

Rodolphe avait été traité moins longtemps et la dose qu'il avait reçue était insuffisante pour progresser significativement. Amandine ressemblait à sa mère. Heureusement. Les garçons auraient eu du mal à lui accorder leur affection si elle avait hérité des traits de l'abomination. Aristide, rebaptisé George, sauta sur la table et se frotta au bras de la petite. Il avait adopté cette nouvelle Amandine, comme il avait aimé la précédente, surtout que son assiette contenait toujours quelque chose de plus ou moins comestible. George raffolait de la purée de carottes.

Lorsqu'ils s'étaient échappés de l'Institut de recherche biomédicale des armées, à Brétigny-sur-Orge, ils avaient marché en direction du sud-ouest, en quête d'un abri relativement éloigné des agglomérations et des ennuis. Noé avait conduit le cortège vers le lieu où des semaines plus tôt, il s'était réfugié avec la bande du « vingt-six ». Ils avaient élu domicile dans une grande maison, délaissée par ses propriétaires en fuite avec les trois-quarts de l'île de France.

Erika était morte. Deux fois. Elle avait contracté la peste en ingérant un malade asymptomatique. On l'avait couchée dans une cabane au fond du jardin et elle y était décédée trois jours plus tard. Le temps de décider quoi faire, elle avait ressuscité. Le corps d'Erika devait être brûlé, il était contagieux, mais d'abord, quelqu'un devait l'achever. Rodolphe n'en aurait jamais été capable et Irvine avait conservé de l'expérience avec Amandine, des cauchemars horribles. On s'était concerté, en silence. Gaël s'était porté volontaire. Il avait enfilé des gants, mis un masque pour éviter de respirer les projections et s'était emparé de la hache qui servait à couper les bûches. Il savait ce qu'il risquait. Erika s'était laissé faire. La sauvegarde de la communauté même réduite, primait sur n'importe quelle autre considération. Elle était parfaitement consciente du danger qu'elle représentait. Ensuite, Gaël s'était lavé et confiné à la cave. Une semaine plus tard, personne n'avait été contaminé. Un miracle. Ou la roue de la fortune.

Le choc passé, du moins pour les deux adolescents, on s'était organisé. Régulièrement, une moitié partait aux courses, confiant le gîte aux bons soins de la seconde. Le supermarché de Breuillet n'avait pas été réapprovisionné, mais les villages alentour comptaient tous des commerces, pour certains encore généreusement garnis, tant la débandade et l'épidémie avaient décimé les foules. Les survivants qu'ils croisaient en chemin, fournissaient aux bannis un réservoir de viande fraîche assez pratique, mais bientôt les rencontres raréfiées avaient tout juste permis de les maintenir en vie. Rodolphe de son côté s'était débrouillé pour se nourrir différemment et Irvine avait profité de la pénurie pour revenir à un menu plus classique. Un jour qu'ils exploraient la région, épaulés par Joséphine et Mirabeau, ils étaient tombés sur une supérette apparemment intacte. Rodolphe avait entrevu la possibilité d'y dégoter des twinks, Irvine des graines pour son potager. Mirabeau les avait accompagnés pendant que Joséphine faisait le guet.

Ils n'étaient pas seuls. On les avait épiés. On avait attendu qu'elle se retrouve isolée, vulnérable. A coups de morsures et de couteau de cuisine, elle était sur le point d'en neutraliser un, quand deux autres l'avaient désarmée et plaquée au sol. Un viol. Abject, sordide, en représailles des défaites subies comme des humiliations. La guerre contre la peste n'avait su porter de visage, pas d'image contre laquelle se monter le bourrichon. La revanche contre les mutants revêtirait celui de Joséphine : la révolte des lâches après la bataille.

— Je vais te montrer ce que ça coûte de s'en prendre aux humains, sale pute !, beuglait le troisième en ouvrant sa braguette.

La haine fait bander les impuissants.

Des insultes, des rires exaltés, étaient parvenus aux oreilles des enfants. Tout de suite Irvine avait redouté le pire. Ils étaient sortis en furie, fondant sur les assaillants comme des frelons hargneux. Sans un mot, ils coordonnaient l'attaque, grâce aux instructions partagées d'un cerveau à l'autre et Rodolphe suivait le mouvement. En un éclair Mirabeau avait bondi sur le dos du violeur cataleptique, obnubilé par la promesse de volupté imminente. La faim qui le tenaillait lui conférait une force surnaturelle. Avec la férocité d'un loup affamé, il avait écharpé sa proie en quelques secondes, pendant que les garçons poursuivaient crans d'arrêts au poing, les courageux comparses. Joséphine n'avait pas paru perturbée. Elle avait consciencieusement découpé des morceaux de cadavre pour la communauté et ils étaient rentrés.

Dès lors cependant, le groupe entier se déplaçait, à chaque fois.

Il avait fallu du temps pour comprendre. Comprendre que Joséphine était enceinte. Une idée indécente, odieuse, pour la morale des hommes. Les bannis eux ne montraient ni aversion, ni intérêt particulier. Les bannis ne montraient jamais rien. Les principes, le jugement, n'existaient pas.

Et puis un soir, ils s'étaient réunis autour de la jeune mutante accroupie. Rodolphe avait immédiatement saisi de quoi il retournait. Conservant son sang-froid, il avait méticuleusement désinfecté une paire de ciseaux et préparé des linges, comme il avait vu faire à la télé. Joséphine n'avait manifesté aucune souffrance, elle avait accouché sans bruit. L'affaire terminée, elle s'était levée et, totalement dénuée d'instinct maternel, avait abandonné le nourrisson sur place. La mission de cette race-là n'était pas de procréer.

— Amandine. On va l'appeler Amandine, avait déclaré Irvine en débarbouillant l'orpheline.

Quand il avait prononcé ce prénom comme une évidence, Auguste, Gaël, Noé et Mirabeau s'étaient tournés vers le nouveau-né et Irvine avait entendu résonner un « oui » dans sa tête. Amandine cumulait les facultés de sa double origine. A six mois à peine, elle avait adopté le régime opportuniste, témoignait d'une forme d'abnégation grégaire et communiquait à distance. Il y avait aussi cet étrange rapport à la douleur. Une nuit, en roulant dans son sommeil agité, elle était tombée sur le plancher. Ses hurlements avaient duré le temps d'avertir la maisonnée, puis elle s'était tue, aussitôt que l'attention s'était portée sur elle. A deux autres reprises elle s'était blessée et la même séquence s'était reproduite, exactement comme si elle choisissait d'engourdir le réflexe de nociception, une fois l'alerte reçue par son cerveau et les secours ameutés. Quoi d'autre ? L'avenir le dirait. On savait déjà qu'elle pouvait animer son regard en fonction des circonstances. Attendrir pour mieux fléchir, apitoyer pour contrôler. Quant à l'attachement authentique aux êtres et aux choses, dissimulé derrière ces pupilles adaptables, d'aucuns voulaient y croire, quand d'autres se demandaient quel genre de phénomène incarnait véritablement cette angélique petite fille…

Ce qu'il avait manqué à la Terre pour préserver ses ressources, l'étoile de mer de Robert Paine, l'espèce clé de voûte qui jugulerait le prédateur invasif et vorace homo sapiens, après sa convalescence, serait peut-être ce bébé aux caractéristiques hybrides. D'autres exemplaires avaient dû déjà naître aux quatre coins du globe. On ne change pas la nature de l'homme. Ainsi l'espoir d'une reconstruction pérenne des écosystèmes, proviendrait-il de l'hymen contraint entre deux monstruosités humaines : la violence égotique et la science sans conscience. Mais l'histoire ne s'arrêtait pas là. Si d'aventure ce nouveau super-prédateur se révélait plus destructeur, plus envahissant encore que son prédécesseur, alors Dame Nature jouerait son dernier acte. Avant que les populations n'enflent jusqu'à devenir une menace, on célèbrerait, grâce aux manigances opiniâtres des suppôts de Frankenstein, Lindström, Godivaud et leurs émules, l'avènement du Surhomme, symbiotique et humble. Un scénario sans faille. Sans blague ?

FIN

www.ingramcontent.com/pod-product-compliance
Lightning Source LLC
LaVergne TN
LVHW010545160826
845677LV00013B/3005

* 9 7 9 8 8 4 9 0 0 1 1 3 5 *